異世界に転生したけど
トラブル体質なので心配です
4
小鳥遊渉
Takanashi Ayumu
illust. 結城リカ

登場人物紹介
アルフレッド
異世界転生した少年。魔法も武術も知識もチート級で、やることなすことトラブルの元に。
チビ
双子の龍の男の子。語尾は「ダォ」
ベス
アルフレッドの飼い犬。白くてフワフワ。妙に身体能力が高い。

キャスペル
メダリオン王国の王太子。片足が義足。
サーシャ
アルフレッドのかわいい妹。
ベビ
双子の竜の女の子。語尾は「なノ」

1　アルフレッドの休日

いつも面倒事に巻き込まれてばかりのトラブル体質な俺、アルフレッド。

最近は自分が住んでるメダリオン王国だけじゃなく、魔法大国アスラダやグラン帝国で起きた問題まで解決するハメになっている。

アスラダの軍隊を壊滅させるほど強い竜を討伐したり、グラン帝国で発生した流行《はや》り病から人々を救ったりと、あちこち忙しく飛びまわる俺。

本当は家族とまったり過ごすのが夢なのに、なんでかいつもこうなっちゃうんだよな～。

□□□

グラン帝国での流行り病の対処に目途がつき、俺はようやく領地のハイルーン村に帰ってきた。

ちなみに、帰ってきてから病気の原因になりそうなものはすべて焼却処分した。衣服や靴《くつ》、自分の体などもすべて消毒済みだ。

これを怠《おこた》るとメダリオン王国でも流行り病が起きてしまう。それは絶対に防がないと、今までの努力が水の泡になってしまうからね。

帰ったら一番にやりたかったことは、熱めのお風呂にゆっくりと浸《つ》かること。

なので浴室に向かい、水と火の魔法を使ってバスタブにお湯を張った。これにも魔力を使うので、休めてないといえばそうなんだけどさ。

やっぱりお風呂に浸かってゆっくりと過ごすのはいいよね。疲れが消えていくのを実感する。我ながらよく働いたよ。

お湯がぬるくなってきても、魔法で温めればいいからいつまでも入っていられる。なんて気持ちがいいんだろうか。

今日はこのまま長湯をして、夕食を食べたらそのままグッスリと眠れそうだよ。本当に疲れているのが自分でも分かるからね。

□□□

そして翌日。

早朝からマシューさんが「グラン帝国と商売の大口契約を交わしました」と言って訪ねてきた。

ちなみにマシューさんというのは、俺を神様扱いしてくる商人のおじさんだ。

元気だよね、マシューさんは。働きすぎで倒れないかと心配になる。怪しげな栄養ドリンクっぽいものを飲んではいるけど、いつ休んでいるのか本当に不思議だ。

マシュー商会は、福利厚生がいいと聞いたことがあるけど、ものすごくブラック臭《しゅう》がする。でも従業員はみんな楽しそうに仕事しているからいいのかな？

マシューさんにはグラン帝国に物資を運ぶのを手伝ってもらったんだけど、その時に俺が渡したネコ車をベタ褒《ぼ》めして、メダリオン王国内でも売るんだと言って帰っていった。


その後、俺は朝風呂にでも入ることにして、お風呂にのんびり浸かっていたら、妹のサーシャがやって来た。

「アルお兄様、まだ？　サーシャは早く遊んでほしいの」

「サーシャ、ゴメンゴメン。すぐ行くよ」

サーシャはご機嫌《きげん》斜めみたいだ。そういえばサーシャに昨日の晩、明日遊んであげると言っていたんだったな。

俺は思ったよりも長風呂してしまったみたいで、サーシャは待ちきれなくなったんだろう。


というわけでお風呂から出て、サーシャと遊ぶことにする。

今日はサーシャに、サプライズプレゼントとしてコットンキャンディー、つまり綿あめを作るつもりなんだ。この世界に綿あめなんてないから、喜んでくれるんじゃないかな？

前世の記憶によれば、綿あめの作り方は次のような感じだ。

小さな穴を大量に開けたアルミ缶にザラメを入れて火であぶりながら高速で回転させる。すると、糸状になった砂糖が穴から出てくる。

これを棒に巻き取れば、綿あめが作れるはずだ。

綿あめは温度と湿度調整が重要らしい。俺が作ってもいきなり縁日《えんにち》で売っている綿あめのような完成度にはならないだろうけど、魔法で温度調整するからフワフワさは再現できるんじゃないかな。

本来使用するグラニュー糖は入手困難なので、砂糖で代用する。アルミ缶もないので、土魔法でアルミ缶風の陶器を作製する。

そんなこんなで、アルミ缶代わりの容器はなかなかいいものができた。

この容器を高速で回転させる方法をいろいろ考えたんだけど、最終的に水車を使うことに決めた。水車を使ったら、一番回転を安定させられたからね。

ただこのままでは回転数が不足するので、土魔法を駆使して歯車を作製し、綿あめの容器の回転数を上げることに成功した。

その後、綿あめの容器の周りに、直径八十センチほどの陶器の器も作ってカバーみたいにつける。するとカバーが透明ではないという違いはあるものの、ほぼ縁日の綿あめ機のようなものを作ることができた。

綿あめ機を作製するためにかなりの時間と労力を費《つい》やし、休養を取るのとは真逆な行為になってしまったな……でもサーシャの喜ぶ顔が見られると思うと、不思議なことにいくらでもやれちゃうんだよね。

ちなみに綿あめは湿度が高いと溶けちゃうし、風が強いと飛んでしまう。なので水車小屋の中で作ることにした。

一度テストしてみるとちゃんと綿あめが作れた。火加減が重要で、回転が速い方がきめ細かい綿あめを作ることができるみたい。


テストが終わったので、屋敷にいるサーシャのところへ戻る。

「ごめんねサーシャ、待ったかい」

「サーシャはいっぱい待ったの、アルお兄様と遊ぶのが楽しみなの」

「今日は水車小屋に行くからね」

「わー、お外に行くの！　サーシャは村の中ならよく分かるの、ベスと見まわりをしているの」

サーシャが自慢げにそう言った。

「そうなんだ。サーシャ、ありがとうね。ベスもありがとう」

側《そば》にいた飼い犬のベスの頭を撫《な》でてやると、ベスは気持ちよさそうに目をつむり、されるがままになっている。

ほれほれ気持ちいいだろう、首の周りも撫でてやる……って、おっと。モフモフが楽しすぎて夢中になりすぎた。サーシャに綿あめを作ってやらないとね。

「それじゃあ行こう。すぐそこだから」


俺がサーシャを促して外に出ると、村人のノルドさんが走ってやって来た。

「すみません、アルフレッド様。うちの猫《ねこ》が木の上に登って降りられなくなってしまいまして、オレの体重だと木が折れそうなので、降ろしてもらえないでしょうか？」

確かにノルドさんは少しぽっちゃり体形だもんな。

「サーシャ、ごめんね。すぐに済むからちょっと待っていてね」

「サーシャは大丈夫なの、サーシャも猫が見たいの」

「よし、行こう」


ということで、サーシャもベスに跨《また》がって一緒に来ることになり、村の井戸の近くの木に到着した。

そこには子供たちが集まっていて、大人たちも数人いた。

みんなの視線の先を見上げると、高さ十メートルほどの木の上で黒い猫が動けなくなっていた。

「猫はなんであんなに高いところに登ってしまったんですか？」

ノルドさんにそう尋ねてみたんだが、答えたのは集まっていた子供のうちの一人、十二歳くらいの女の子だった。

「犬のクロが、猫のミーちゃんの尻尾《しっぽ》を甘噛《あまが》みしたの。それに驚いてあんなに高いところに登っちゃって。一時間くらいいろいろやったんだけど、降りてこないの」

女の子の側には十歳くらいの男の子もいた。髪の色が同じだから姉弟《きょうだい》っぽいな。

いろいろやったということは、棒でつついたりもしてそうだな。そのせいでさらに上に登ってしまったのかも。

「分かった。じゃあすぐに捕まえるね。でももしかしたら、驚いて木から飛び降りるかもしれないから、下に網《あみ》があればいいんだけど」

俺がそう言うと、ノルドさんが「猪《いのしし》を追い込む時に使う網があるので準備します」と言ってくれた。

しばらくしてノルドさんが網を持って戻ってきたけど、この網の目の大きさだと、猫は通り抜けちゃうかもしれないな。

よし、じゃあ俺がウイングスーツを着て風魔法で飛んで、できるだけ死角からホバリングして近付くか。ちなみにウイングスーツというのは、風魔法で飛行するために俺が考案したスーツだ。

で、飛んだのはいいが、ゴウゴウと風の音がするため、猫に気付かれてしまった。

俺の手が猫の背中に触れた途端に、猫は十メートルの高さの木からジャンプした。

しかし器用に体勢を整えて足から落下していき、猪用の網に一度引っかかり、地面に着地。その後、何事もなかったかのように一目散に近くの家に逃げ込んだ。

「ありがとうございました。ミーちゃんを助けてくれて」

「……降りてきてよかったね」

子供たちにお礼を言われたけど、結果的に猫が自分で降りてしまったので、俺はなんともいえない恥ずかしさを味わっている真っ最中だ。

ちなみにこの猫、流行り病を防ぐためにネズミ捕りをしようと思い、六匹の猫を村に連れてきたうちの一匹だ。

放し飼いにしたんだけど、ミーちゃんと名前が付けられて、ノルドさんの家に住みついたみたいだな。

地域猫にするつもりだったから予定とはちょっと違うけど、数が増えればネズミを減らすために役立ってくれるんじゃないかな。

少しずつだけど、できることから進めて安全で住みやすい村にしたいんだよね。

綿あめ作りに行くはずが、いきなり出ばなを挫《くじ》かれてしまった。でもすぐに猫を助けることができ、子供たちの喜ぶ顔が見られてよかったな。

猫が一目散に走り去ってしまったので、サーシャはご機嫌斜めだ。

きっと猫をモフモフしたかったんだろうな。だけど後でベスを思う存分モフモフさせれば、機嫌は直るんじゃないかな。

俺たちは移動して水車小屋に到着し、鍵を開けて室内に入る。

早速《さっそく》綿あめの準備を始めよう。

砂糖を入れた、穴の開いたアルミ缶風の容器を、水車の歯車で回転する台にセットして、綿あめを作り始めるよ。

水車を回すと、ガタガタカラカラと音を立てて容器が回り始めた。

火と風の魔法で加熱しながら、高速で回してやれば……ほら、糸状というか綿状になった砂糖が容器に開けた穴から出てきた。これを棒に巻きつけていくよ。

巻きつけ続けると、いい感じに大きくなってきた。でも加熱しすぎると砂糖が焦《こ》げて、容器の目が詰まって出てこなくなるから注意しないとな。

なんて思っていたら、出てくる綿あめの量が少なくなってきたので、また容器の上から砂糖を追加する。すると再び、綿あめが出始めた。

後ろにいたサーシャが、だんだんと身を乗り出してきて、綿あめ機に夢中になっている。サーシャの目がキラキラしているよ。

そうこうしているうちに綿あめが完成したので、サーシャに渡す。

「サーシャ、この棒の端を持って！　手で千切って食べてもいいし、そのままかぶりついてもいいよ」

サーシャは綿あめを不思議そうに指先で押して、弾力を確かめている。

「こんなの初めて。すごくふわふわなの」

「早く食べた方がいいよ」

サーシャは指で少しだけ綿あめを千切ると、口に運んだ。

「あっ、お口の中に入れたら溶けてなくなったの！　美味《おい》しいの！　ありがとうなの」

サーシャは最高の笑顔を見せてくれる。

俺はその笑顔にメロメロだよ。

ベスもこっちを見て、食べたそうにしている。

俺がベスを見ていると、サーシャも背後にいるベスを振り返って見る。

「ベスにも少しあげるの」

サーシャは自分の綿あめを千切って、ベスの口の前に差し出した。

ベスは口を開けると、ガバッとサーシャの手ごと口の中に入れる。

「もう、ベス！　サーシャのお手手がベチャベチャになっちゃうの！　お口を開けて離してなの」

サーシャくらいの女の子が手をガバッと犬に咥《くわ》えられたら、普通は泣くか驚くかして手を引っ込めるよね？　しかしサーシャは驚いた様子すらなく、ベスが口を開けて咥えた手を解放するのを待っていた。

ベスの口から出したサーシャの手は、当然ながらベスの唾液《だえき》でベタベタだった。

「サーシャ、大丈夫？　手、痛くなかった？」

「大丈夫なの。ベスは好きな食べ物だと、サーシャの手も一緒にパクリと咥えちゃうの！　ほらベスを見て、すごく嬉しそうなの」

「確かに嬉しそうだね。尻尾を千切れそうなくらいブンブンと左右に振ってるね」

「尻尾がいつもよりも速く動いてるの！　目と鼻も嬉しそうなの」

サーシャは興奮した様子でそう言う。だけど尻尾以外については違いがあっても微妙すぎて、俺にはどう違うかなんて分からないよ。

「ねえ、ところでサーシャ。よくベスにガブッとされることがあるの？」

「お肉をお手手であげる時は、ガブッとされちゃうの！　でも、お手手がベチャベチャになるだけで痛くないの」

「サーシャは怖くないの？」

「大丈夫なの。ベスはサーシャに痛くしないの」

ベスは頭を縦に振り、「そうです」と頷《うなず》いているように見える。ベス、まるでこっちが言ってることが分かってるみたいだ。

それにサーシャとベスの間には、すごい信頼関係ができあがっているようだ。

「アルお兄様、サーシャはお手手が洗いたいの」

そんなことを考えていると、サーシャにそう言われた。

「いいよ。でも部屋の中に湿気があると綿あめが作れないから、小屋の外で洗おうね」

小屋から出ると、水路の上にサーシャの手を出させる。それから魔法で水を作り出して、ジャージャーとサーシャの手にかけてあげて洗った。

「アルお兄様の魔法はすごいの。ママはそんなにお水をジャージャーと出せないの。わーい、綺麗《きれい》になったの！　ねえアルお兄様、さっきの甘ーいふわふわ、もっと食べたいの」

「食べすぎるとおデブさんになっちゃうよ。それと、食べたら後で歯も磨こうね」

「アルお兄様はいじわるなの。レディにおデブさんと言うなんて」

サーシャは両頬をプクリと膨らませる。

「いや、今のサーシャがおデブさんだとは言ってないよ。サーシャだって、自分がおデブさんになったら困るでしょ？」

「サーシャはおデブさんにはならないの。まだ食べても大丈夫なの。ベスも一緒に食べるの」

「分かったよ。すぐに作ってあげるからそんなに怒らないで」

その後水車小屋に戻り、また綿あめを作り続けた。

そのうちにサーシャはパパとママへのお土産《みやげ》だと言って、両手に一つずつ綿あめを持つと、ベスと共に屋敷に帰っていった。

サーシャがいなくなったので、最後に俺の分の綿あめを一つ、マシューさんの分を一つ作った。

綿あめにかぶりつくと、甘くて美味しい。この世界は砂糖は高価だから、甘いお菓子は珍しいんだよな。

それから俺は、マシューさんにも綿あめを食べさせてあげようと思い、お店に向かう。

「アルフレッド様、なんですかそれは」

店から出てきたマシューさんの目は、綿あめに釘づけになっている。

「これは綿あめといいます。砂糖から作っているので、時間が経つと溶けて小さくなるんですよ。だからすぐに食べてください」

マシューさんは綿あめを受け取ると真剣な表情を浮かべ、指でつついたり、匂いを嗅《か》いだりしていた。それから指で少し千切ると、口に運ぶ。

「これは甘くて美味しいですね。それにふわふわですね。口に入れるとすぐになくなってしまいました。砂糖でできているんでしたよね？」

「ええ、砂糖でできています」

「アルフレッド様、いつものように契約書にサインをお願いします」

うわー、早速そう来たか。俺と専売契約をして、綿あめも商会で売る気みたいだな。

でも製法は売ることはできても、誰でも今回みたいにうまく作れるとは限らない。そもそもこの綿あめは、魔法を使うこと前提で作っているんだし。

「では、いったん販売は保留ですね。貴重なものを食べさせていただきありがとうございました」

俺が売るのは難しいと説明すると、マシューさんはそう言った。

マシューさんの背後にある机の上には、書類が崩《くず》れそうなほど山積みになっている。

マシューさん、忙しそう。邪魔しちゃ悪いので帰るか。

俺が帰ると言うと、マシューさんは申し訳なさそうに伝えてくる。

「あの、アルフレッド様。グラン帝国に送る商品の手配が大変でして。特に大沼《おおぬま》ガエルの商品が揃わないんですよ。前に考えると言われていた養殖《ようしょく》ですが、早めにお願いできると助かります」

そういやマシューさんから、ゴムの原料になる粘液《ねんえき》を出す大沼ガエルの養殖を頼まれてたんだったな。早めになんとかしないとだ。

足りないといえば、この世界には砂糖も少ないんだよな。こちらもなんとかして、スイーツを量産できるようにしたいよな。それにはまず、原料の生産量を増やすことが大事だろうか。

そう思って俺は、マシューさんに尋ねる。

「ところでマシューさん、砂糖ってどうやって作っているのですか？」

「甜菜《てんさい》という野菜から作っていますよ。必要でしたら入手しましょうか？」

「お願いします。畑を一区画、甜菜栽培に使いたいんです」

「分かりました。すぐに手配しておきます」

マシューさんはそう答え、テキパキとした動きで商会の人たちに指示を出し始めた。

俺は忙しそうなマシューさんの邪魔をしないよう、マシュー商会を後にした。

家に帰るとお父様とお母様が待ちかまえていて、その後ろにはベスに跨ったサーシャがいる。

いきなりお父様がまくしたてる。

「アルフレッド、綿あめだが、あれはどうやって作るんだ？　ママに分けてもらったが美味しかったぞ。砂糖だけでできているっていうのは本当か？　サーシャはグルグルすると砂糖が綿あめになったと言っていたぞ」

ん、ママに分けてもらったとは？　サーシャはお父様用、お母様用の綿あめを一本ずつ持っていったはずだけど、途中で落としたのか？

そう不思議に思っていたら……あ。

サーシャがお母様の体の陰に隠れている。この様子からするに、お父様の分の綿あめはサーシャのお腹に納まってしまったようだな。


でもすぐに作れるから、みんなで水車小屋に行って作りまくることにした。

結局、お父様が三つ、お母様が二つ、ベスが二つを食べた。サーシャは先ほど食べたのに加え、さらに三つも食べてしまった。

サーシャ、お前がおデブさんになる未来しか見えないよ。食べるのを控えさせないとだな。

「これなら貴族に出しても人気になりそうね」

お母様は綿あめについての感想をそう述べてくれた。

マシューさんにも言ったが、俺は販売するつもりはない。

温度に湿度に回転数にと、思った以上に気を配ることが多くて、作るのが面倒なんだよ。こんなものを俺以外が作る形で売りだしたら、綿あめがうまく完成せず、お客さんが怒って騒ぐ未来しか見えない。

う〜ん、でも考えたら何かいい方法が浮かぶかな……ってダメだ。休日を謳歌《おうか》するはずが、全然休めてない気がする。

俺もマシューさんのことはあまり言えないな。過労死しないように休まないとだ。


綿あめを作った後は、穴開き容器などを洗って片付けるというもうひと仕事が残っていた。

水路の上に設置した台に綿あめ機の容器やカバーを並べ、魔法でお湯を作り出して洗う。

そのうち、子供たちが集まってきて遠巻きになって洗うのを見物し始めた。水魔法が珍しいからなんだろうな。

この村は魔蟻《まあり》という魔物のスタンピードで難民となった人たちを受け入れたから、子供と女性の割合が高い。女性たちはすでに農業に従事しているし、子供たちもその手伝いをしてくれているから、村の将来の人材確保に困ることはないはずだ。

そんなことを思いつつ、片付けが終わったので屋敷に帰ることにする。

子供たちが俺に手を振ってくれるので、振り返しておく……って、俺も子供なんだけどね。

しばらく移動して屋敷に着いた。

さて、髪の毛や顔にも綿あめの砂糖がついてしまったので、お風呂に入ろう。

魔法でお湯を作り出してバスタブに入れ、体全体を沈める。

お風呂といえば、以前作ったこの村の公衆浴場に、お湯を沸かせるように窯《かま》を設置したんだよね。お湯の量が多いから沸かすのは大変みたいだけど、今は週二回営業できているらしい。みんなお風呂を楽しみにしているみたいだから、作ってよかったよ。

そんな感じでお風呂は村の数少ない娯楽の一つとなっているんだけど、水の運搬と燃料の薪《まき》の消費量についてもっと改善しないと、毎日沸かすのは難しいようだ。それを考えると、週に二回の営業がちょうどいいのかもな。

そうそう、水といえばうちの村の川は水が綺麗だから、そこでイワナみたいな淡水魚の養殖《ようしょく》を始めてみた。河川工事もやって、川を広く深くして生《い》け簀《す》を作ってみたんだ。

といってもまだ繁殖させられていないから、育てているだけだけど。このまま順調に育ってくれれば、そのうち繁殖もさせられるんじゃないかなと期待している。

養殖といえば、マシューさんが大沼ガエルの養殖を考えてほしいと言っていたな。大沼ガエルって体長が一メートル以上あって、大きいものだと二メートル近くにまで育つんだよな。それにウオーンウオーンという鳴き声がうるさいから、養殖するための池を作るなら村から少し離れた森の中に作るのがいいだろうな。

しかし大沼ガエルの養殖場を作るのはいいとして、問題は餌《えさ》だよな。俺を食べようとしたくらいだから、絶対に大食いなはずなんだ。まずは餌の確保をなんとかしないとな。

あー、そういえば池で思い出したけど、他にも課題があるんだ。村の人口が増えたし、畑も増やしたから水を使うことが多くなって水が足りなくなってきたんだよね。だから川をもう一つ作ろうと考えている。

この世界の水質は、前世と比べると基本的に綺麗だから、川の水も直接飲み水に使えるんだよね。汚染物質がほとんどないからな。

気になるのは下水を直接川に流していることと、鉱山の下流に重金属とかが流れている可能性があるあることとくらいだろうか。

ちなみにうちの村では飲み水の取水場所は厳しく管理して、危険がないようにしている。

あと、話は変わるけど、砂糖と塩もこの村で作りたいんだよな～。

両方とも高価な品だから、自分で作れたらお得だと思うんだよね。

今日マシューさんに甜菜の購入をお願いしたから、それが届き次第、砂糖作りに取り組んでみよう。ちなみに日本でも砂糖の生産量の八割くらいは甜菜から作ってるらしい。

砂糖作りが終わったら、次に塩だな。メダリオン王国では岩塩《がんえん》は取れないから、塩の確保は輸入に頼っているそうだ。他国から運んでくるから高くなるんだってさ。

けどメダリオン王国は海に面してる。なら、海水から塩を作ればいいんじゃないかな。今度海の方向に飛んでみて、綺麗な海だったら海塩《かいえん》や藻塩《もじお》を作ってみよう。

でも海塩が作れても、大量生産には運搬が課題になるかもな。この村から海まで道を作るとなると大事業になっちゃうし、陸路だと十日は掛かるから結局塩や砂糖は運送費が高くなりそう。

そもそも海水から塩を作るのは時間的にも労力的にも大変なんだ。トータルして考えると他国から岩塩を購入するほうが安上がりになるかもしれない。はー、困ったな。

他に作りたいのは石鹸《せっけん》、シャンプー、リンス、コンディショナー辺りかな？

ちなみに人類初の石鹸は、神殿に捧《ささ》げられて焼かれた羊の脂《あぶら》が土に染み込んで木灰と混ざったものが、汚れを落とす不思議な土として流通した……という由来があるらしい。

でも羊の脂でできてるから、臭《にお》いがきついのが難点だったようだ。それがそのうち、オリーブオイルと海藻灰を原料に石鹸を作るようになって改善されたみたい。

なので俺もオリーブオイルで石鹸を作ろうと思ってる。マシューさんに相談したらオリーブオイルはすでにお店に売ってたんだよね。どうもメダリオン王国の気候や植物はヨーロッパに近いらしい。

そのうち消毒効果があるブルースライム液とピンクスライム液を加えた石鹸も作ってみようかな。

シャンプーはまず固形石鹸を作って粉にして作ろう。コンディショナーは蜂蜜《はちみつ》、卵白、オリーブオイル、ピンクスライム液などを調合して作ろう。試作品で問題が出なければ、大量生産についてはマシューさんに丸投げすればいいよね。

そんな感じで延々といろいろ考え、長風呂を終えた。

□□□

翌日、海水から塩が作れるか確認するために、村から海に向かってウイングスーツで飛んだ。

そこには海岸沿いに小さな岩礁《がんしょう》があるだけで、見渡す限り海だった。

地図によれば、このメダリオン王国のポートという港町の側やグラン帝国側に進めば島や漁村はあるらしいけど、ここは何もない。

切り立った岸壁や深い森に阻《はば》まれているため、人が入った形跡もなく、まるでプライベートビーチのようだ。砂浜の海水は透き通るように綺麗で、太陽の光で海底まで確認することができる。魚が泳いでいるのが見えて、中には数メートルを超える大型の魚影もあった。

とにかく、これだけ綺麗なここの海水なら海塩を作るのに適しているだろうな。あと、海藻が海岸に打ち上げられていた。集めれば藻塩も作れそうだ。

しかし海塩を作るとなると、海水を岸壁の上まで汲み上げるのが大変なんだよね。それに海塩を作る施設を建てる平地が少ないから、魔法で整地が必要になりそうだ。

あっ、そういえばこの世界の海水の塩分濃度はどうなってるんだろう？

少し舐《な》めてみようと思い、海水を両手ですくって、殺菌をイメージしながら魔法を行使する。

そんなことをやってるうちに手の中の海水はほとんどこぼれてしまったが、味見するだけなら残った海水で十分だ。

さて、お味の方はどうだろうか？　口に含んで舌の上で転がしてみる。

……うん、普通のしょっぱい海水だな。前世の海水と大きくは違わない気がする。これなら塩が作れるだろう。

海塩を作る方法はいくつかあるんだけど、素人でも簡単にできるのは、熱して水分を蒸発させる方法だろうな。

ゴザやイ草や海藻に海水をかけ、水分を自然に蒸発させていくことで塩を取り出すのが一番簡単な方法らしい。

ただこの方法だと、期間が何日も必要になるという難点がある。まあ、俺は結局魔法でやるから製法とか関係ないんだけど。

というわけで水魔法で海水から水だけを取り出していく。すると入れ物の底にごく少量の塩が残った。

うーん、でもマシューさんのところでこの方法で大量生産するとしたら、魔法師《まほうし》を雇わないといけないから岩塩を輸入した方が安上がりだろうな。別の方法を考えるか。

なので今日は石鹸の材料を確保するだけにしておこう。そう思って流れ着いていた海藻を集め、火の魔法で燃やして灰を集めて袋に詰める。この灰が汚れを落としてくれるから、石鹸を作るために欠かせない材料になるんだよね。

そんなこんなでまたウイングスーツで飛行して、ハイルーン村に帰る。

海藻の灰とオリーブオイルを原料にし、ブルースライムとピンクスライムのスライム液を少し入れ、俺が魔法で作り出した魔力水と混ぜ合わせて火魔法で加熱して石鹸を作っていく。

加熱が終わったら土魔法で作った器に先ほどの材料を入れて木の棒でよく混ぜ、四角い入れ物に入れて、厚さを均等にする。

固まってきたら適当な大きさに切り分け、冷めたら石鹸の完成！

これを原料にしてシャンプーも作ろう。自分で使用してみて、発疹《ほっしん》や炎症などが出なければ家族にも使ってもらおうっと。

□□□

数日後、俺は屋敷のダイニングでお母様とサーシャと一緒に座っていた。

するとお母様がテーブルの上に置いた、俺の作った石鹸、シャンプー、リンス、コンディショナーなどを触りながら言ってくる。

「アルが作ってくれた石鹸もシャンプーもいいわね。特に、この前のリンス？　コンディショナーだっけ、あれがすごくいいわ。髪がサラサラになるから手で梳《す》いても引っかからないのよ。それに香りもいいのだけど、これはラベンダーの香りかしら？　合っている？　今度、ガルトレイクのお祖父《じい》様たちにも差し上げないとね」

お母様のピンク色の髪はサラサラとして輝いている。シャンプーがうまく作れたから、家族に渡したんだよね。匂いをよくするためにラベンダーの液も加えてみたんだけど、気に入ってもらえたようでよかった。

ちなみにお母様が言っているガルトレイクのお祖父様とは、お母様の父親であるマグナム・フォン・ガルトレイク公爵のこと。俺にとっては、母方の祖父にあたる。

「アルお兄様、サーシャの髪がツルツルでサラサラなの」とサーシャも言ってくる。

「それはよかった、サーシャに喜んでもらえてお兄ちゃんも嬉しいよ」

「サーシャもママのように美人さんになるの」

サーシャがピンク色の髪を手で触りながら、すました顔で言った。

「あら、サーシャったら、どこでそんなお世辞を覚えたの？」

お母様が嬉しそうにニコニコと笑っている。

「えへへ、パパがママに怒られた時に、これを言えばママが喜ぶと言っていたの」

「あら、パパったら……今度お話ししなければいけませんね」

お母様の顔が少し引きつったが、一瞬でいつものようにニコニコとした笑顔に戻った。

「そうだアル、お祖父様たちにもシャンプーを渡すなら、その時私の手紙も一緒に届けてね。そういえば最近手紙を出していなかったわ」

「分かりました。では早速お祖父様。お祖母様《ばあ》の分も準備して届けますね」

そう言ったら、お母様がはっとした様子で止めてくる。

「あら、作らないとシャンプーがないの？　アル、ダメよ。量がないのに、こんなものを与えたら。あの人たちが自慢したらまた大事になるわよ」

「あ、そうでした」

前、サスペンションつきの馬車を作ってあげたらあちこちに自慢して、俺がオーバーテクノロジーな存在だとバレそうになって大変だったんだよね。危ない危ない。しばらくシャンプーを届けるのはやめておこう。

「手紙は急がなくていいわよ。それにシャンプーやリンスも、慌てなくていいわ。とりあえず私とサーシャの使う分だけあれば構わないから」

お母様がそう言いながら、すごくいい笑顔で両手を差し出してきた。

「……」

なんか笑顔が怖かったので、俺はすぐにでもシャンプーの原料である、海藻の灰を量産することに決めた。

□□□

そして数日後。突然だが、俺は鏡を作ろうと考えている。

公衆浴場のお湯を加熱する補助熱源として鏡を使えないかと思ったんだよね。でも転生してから、鏡というものを見たことがない。

お母様に鏡について聞いてみたら、細工の施《ほどこ》された高そうな木箱を持ってきてくれた。中に入っていたのは布に包まれた銀製の手鏡で、裏面は綺麗な装飾が施されていた。

包まれていた布を使い、直接鏡に触れないように持ってみる。銀製品は触ると変色したりくすんだりしてしまうからね。

「アル、あなた銀製品の扱い方をどうして知っているの？」

お母様が驚いたように言った。

「布でくるんであったので、そのまま触っただけですよ。ところでお母様、この鏡って高価なんですか？」

ここは話を変えてしまおうと思い、そう尋ねてみる。

鏡は小さいが無垢《むく》の銀で作られているみたいで、見た目以上に重く感じた。たぶん銀を平らにしてピカピカに磨き上げて鏡にしてるんだと思う。

「そうね、高価だと思うわ。公爵家などの貴族の女性たちが使う鏡ですからね。その鏡は私のお母様からもらったものなの」

お母様がそう教えてくれたので、さらに質問していく。

「なるほど、他にも鏡の種類はあるのでしょうか。たとえばもっと安価なものとか」

「鉄をピカピカに磨いたものもあるわ。だけど手入れが大変で不人気なのよ」

製鉄技術がそこまで高くないみたいだから、鏡を作るなんてかなり大変な作業だろうな。

「確かに鉄は手入れを怠るとすぐに錆《さ》びますよね」

「……アル、鉄のことも知っているのね。どういうことかしら？」

おっと、つい反応してしまったが、まずかったな。そう思って質問を続けて話を逸《そ》らす。

「お母様、ところでガラスを使った鏡はあるんですか？」

「色つきのガラスは見たことあるけど、ガラスの鏡は見たことはないわ」

「もっと大きな鏡とかはありますか？」

「大きな鏡を見たことはないわね。重いしすぐ歪《ゆが》んでちゃんと映らなくなると思うわ。それに高価になるはずだから、誰も買えないわよ」

「確かにお母様の言われる通りですね。大事な鏡を見せてくれてありがとうございました」

俺はそう言って手鏡を布にくるみ、木箱に戻してお母様に手渡した。

「あら、もういいの？」

「はい、実はガラスの鏡を作りたくて参考にと思いまして」

「ガラスの鏡？　何か考えがあるようね」

お母様が期待しているような眼差しを向けてくる。

「実は、お湯を沸かす補助に使いたいと考えています」

「え！　鏡ですよ！　こんな鏡でお湯が沸かせるの？」

お母様は俺の考えを聞いてびっくりしていた。

「太陽の光を集めると、水を温かくすることができるんですよ。鏡は光を反射するから、鏡を使って太陽の光を集められないかなと思っているんです」

「そんな話は聞いたことがないわ」

お母様は驚きを通り越して困惑している。

「大きな鏡がないということならイメージが湧かないかもしれないですが、大きな鏡を使えば太陽の熱でもかなり集まりやすくなるんですよ」

「あら、当たり前のように言うわね。もしかしてアルは大きな鏡を見たことがあるの？」

お母様が疑いの眼差しを向けてくる。

「い、いや、見たことなんてありませんよ。ハハハ……」

「おかしな子ね」

笑って誤魔化《ごまか》そうとしたけど、完全に疑われている。

お母様にこれ以上鏡のことを聞くのはやめておこう。そう思って俺は、村のマシューさんのお店に向かった。

店に着き、マシューさんにも鏡のことを聞いてみる。マシューさんによると、鏡は王侯貴族が使うもので非常に高価とのこと。

「ちなみに、これがマシュー商会で扱っている鏡です」

マシューさんがそう言って見せてくれたいくつかの鏡は高そうな箱に入っていて、布に包まれていた。

お母様が見せてくれた手鏡のような形のものや、櫛《くし》の柄《え》の一部に鏡がはめ込んであるような変わったものもあったけど、大きさはどれも小さい。それなのに、値段は最低でも金貨二枚――つまり、二百万円……じゃない。二百万クロン以上するんだって。

ちなみにガラスの鏡のことも確認したけど、ないらしい。マシューさんが見たことないなら、おそらくこの世界には存在しないんだろうな。

さて、大きな鏡は市販してないっぽいから、自分で作らないとな。

ということで、マシューさんにガラスと銀を注文した。

そして待つこと二十日間。ガラス板、銀の他に、以前頼んでおいた甜菜の苗《なえ》、甜菜の種、樽《たる》に入ったオリーブオイルがマシュー商会から届けられた。

俺は甜菜の苗をすぐに畑に植えて、魔力水を与える。

育ったら砂糖作りをやってみよう。今は鏡作りを進めないとな。

一番大きなガラスの板は、窓に使う縦横三十センチメートルの大きさだった。でもこのサイズでも歪みがあるんだ。窓に使うなら問題ないけど、これで鏡を作ったら顔が歪んで映っちゃいそうだよ。

なので火と風の魔法で加熱して土魔法で成形し、歪みを取り除く。

これに銀メッキをすれば綺麗な鏡が作れるはず。銀メッキをするには硝酸銀《しょうさんぎん》、アンモニア水、ロッシェル塩が必要になる。銀と、養殖しているスライムが出す強酸液があるので、それを利用して硝酸銀風のものは簡単に作れた。それから魔法で硝酸と銀を分離し、銀メッキをしていくことにする。

やっぱり魔法があると便利だよね。

こうしてガラス板に銀メッキを施し、酸化防止のために大沼ガエルの粘液で膜《まく》を作り、これを木枠や土魔法で作った土の枠にはめ込めば鏡の完成だ。

思っていたよりもガラスの歪みを取り除くのが大変だったな。この鏡を何百枚も作るなんて、労力がかかりすぎてとんでもないな。それにガラスも高価だから、結局鏡を燃焼の補助に使うなんて非現実的だな……諦《あきら》めるか。

ちなみに鏡を作ろうとしていることはマシューさんにバレてる。だから今の製法でも知りたいと言ってきそうだけど、これ以上マシュー商会のみんなが忙しくなると体調を崩しそうだ。鏡の製法はしばらく黙っておこう。

なんて思っていたら、「ガチャ」とドアの開く音がする。

「アルお兄様、遊んでなの」

そう言って部屋に入ってきたのは、ベスに跨ったサーシャだ。

「サーシャ、いらっしゃい」

「わー、キレイなの」

完成した鏡を急いで布でくるんで隠そうとしたけど、間に合わずにサーシャに見つかってしまった。

「ママの鏡みたいにピカピカなの。サーシャにも見せてほしいの」

「……いいよ。でも割れるといけないから。触ってはダメだよ」

「え～……でも、それでもいいの」

ベスに跨ったサーシャが近付いてくると、ベスも鏡を覗き込んでいる。

「すご～く大きいの！　映ってるのはサーシャ？　サーシャはこんななの？　ピンクでかわいいなの。サーシャはママにも見せてあげたいの」

サーシャは目を大きく開き、右を向いたり左を向いたりしている。

「……いいよ。でも割れるといけないから、布にくるんで箱に入れて持っていこうね」

サーシャと会話していたら、ベスも鏡を覗き込んで右を向いたり左を向いたりし始めた。

「ベスもおしゃれするの？」

「ベスは、自分が映っているのが分かってるみたいだね」

俺がそう言ったら、ベスが首を縦に振った。まるで言葉が分かってるみたいだな。

「今度、ベスにリボンを結んであげるの」

ん？　今度はベスが首を横に振った。やっぱりお前、言葉を理解してないか？

「サーシャ、お片付けするからちょっと待ってね」

「は〜いなの」

サーシャに声を掛けた俺は、部屋を片付けた。硝酸銀の残りは水質汚染を防ぐように処理しないとな。今回の硝酸銀を洗い流した水は、後で焼却処分しておこう。

片付け終えた後、お母様のいるダイニングに向かう。

「ベス、ママのところへ行ってほしいの」

サーシャがそう声を掛けると、ベスが背中に跨ったサーシャを一瞬だけ見上げる。その直後、お母様のいるダイニングに向かって駆けだしていった。

あいつ、やっぱりサーシャの言葉が分かっているよな？

俺がサーシャたちの後を追ってダイニングに到着すると、椅子に座ったお母様の膝の上にサーシャが座っていて、近くにはベスが寝転がっていた。

「アルお兄様、早くなの」

「はいはい、待ってねサーシャ」

テーブルの上に木箱を置くと、中から布に包んだ縦横三十センチほどの鏡を取り出し、お母様の前に置く。

「アル、すごいわ。こんな大きな鏡を見るのは初めてよ。それになんて綺麗に映すことができるの。この鏡、ものすごく高価なんじゃないの？」

お母様が興奮した様子で、大きな声で言う。

「作るのが大変で、この一枚しかないのであげられませんよ」

「あら、そうなのね。これでお湯が温められるの？」

お母様は少し残念そうにしながら尋ねた。

「お湯を沸かすためには何十枚、何百枚と鏡が必要になるんです。なのでこれ一枚だけでは温められませんね」

「……それなら、普通に薪を燃やす方が安上がりなんじゃない？　ガラスは高かったでしょ？」

「お母様の言う通りです。鏡を作る前は簡単に量産できると考えていたんですけど、やってみたら大変でした。石炭や薪を購入する方が効率的ですね」

「そうでしょう？　それで、この鏡はどうするの？　売っちゃうのかしら？」

なんだかお母様から無言の圧力を感じる。お母様は鏡をがっちり掴んでいて、放す気はないみたいだ。

「売るとしたらマシューさんに渡すことになりますが、マシューさんに知られると僕の仕事が増えるし、職人さんも働きすぎなので、まだ売る予定はありませんよ」

「じゃあ、この鏡は私が使ってもいいのね」

お母様の顔が一瞬で満面の笑みになった。

「分かりましたよ、お母様にあげます」

お母様は鏡を両腕でがっちりホールドしながら嬉しそうに言う。

「まあ、アルはなんていい子なの？　大事に使わせてもらうわ」

「割れやすいので気を付けてくださいね。その一枚しかありませんからね」

「ええ、分かっています。私の顔……手鏡で見た時より歪んでいないのね、よかったわ」

お母様はそう言った後、サーシャに声を掛ける。

「サーシャ、ママのお部屋で鏡を使ってキレイキレイしましょう！　アル、ありがとう。部屋に行くわよ」

お母様はウキウキと鏡を布に包んで箱に収め、ベスに跨ったサーシャと共に部屋へ向かった。

はーあ、取られてしまった。お母様からの圧がきつすぎて、渡す以外の選択肢がなかったな。女性の美に対する思いは人一倍なのかもしれないな。

こうして、俺の鏡第一号はお母様のもとに旅立っていった。

なんだか気が抜けたから、今日の作業は終わりにしてお風呂に入ろう。

しかし性能や出来栄えを確認する前に鏡が旅立ってしまったのはちょっとショックが大きいな。

さようなら、俺の鏡第一号よ。短い付き合いだったが、大事にしてもらえよ。

2 神薬《しんやく》エリクサー

数日後。

トントンとノックする音がしてドアが開き、お母様が俺の部屋に入ってくる。

「アル、手紙が届いてるわよ。あら、この封蝋《ふうろう》は……」

「誰からですか？」

「さあ、誰からでしょうね」

お母様は手紙の主に心当たりがあるみたいだ。だけどわざと言わず、俺の反応を楽しんでいるように見える。

「うーん、誰でしょう。でもその反応からすると、王様からですか？」

「そうね、メダリオン王家の封蝋ね。でも陛下の封蝋とは微妙にデザインが違っているのよ。アル、開けてもらえる？　私の勘が当たっているか答え合わせがしたいわ」

お母様は楽しそうに言って、手紙を渡してくる。

「ちょっと待ってよ、今開けるから」

ペーパーナイフで封を切り、封筒の中から折りたたまれた手紙を取り出す。

「誰からだった？　キャスペル殿下からじゃない？」

お母様は早く答えを知りたくてたまらない様子で、俺の隣にやって来て手紙を覗き込む。

ちなみにキャスペル殿下というのは、この国の王太子様だ。いろいろあって、俺と仲良くしてくれている。

「大当たりです、キャスペル・レム・メダリオンと書いてあります」

「そうでしょう」

得意げにするお母様。流石《さすが》公爵家出身だけあって、こういうのには詳しいんだな〜。

「王様の封蝋は何度か見たんですけど、違いが分かりませんでした」

「そのうち、封蝋を見ただけで誰からの手紙か分かるようになるわよ。それよりも、手紙にはなんて書いてあるの」

「読むからちょっと待ってくださいね。どれどれ……ミーノータウロス迷宮の討伐依頼を王様が出したので、一緒に挑戦しようと書いてありますね」

上半身が牛で、下半身が人間の魔物、ミーノータウロス。そのお肉は、牛肉みたいな味で美味しいらしい。

そういえば以前、王様に牛のお肉を食べたいと相談したら、仕事斡旋ギルドにミーノータウロスの討伐依頼を出してくれるとか言ってたな。

王様は俺に何か依頼したい時に直接頼んでこない。王家から依頼っていうことを隠すために、仕事斡旋ギルドを通すっていうめんどくさい手順を踏むんだよね。

「うーん、キャスペル殿下は義足なので、迷宮に行くのは無理な気がしますけど……」

おれが呟《つぶや》くと、お母様は心配そうな眼差しで俺を見つめる。

「でも王家直々のお願いなら、断るわけにはいかないわよ。ミーノータウロス迷宮は最高の難易度で、道が複雑になっていて迷いやすいそうだから気を付けてね。キャスペル殿下を警護しながらとなると、さらに難易度が上がってしまうわね」

「キャスペル殿下の警護か……怪我させないようにしなきゃ。十分に準備します」

「それがいいわね」

俺はお母様とそんな会話を交わし、キャスペル殿下には一緒に行くという返事を書いた。

さて、手紙が殿下に届くまでにしばらく時間があるから、その間にミーノータウロス迷宮の対策を考えるとするか。

お母様にさらに詳しく話を聞いたところ、ミーノータウロス迷宮は複雑に入り組んでいるだけでなく、かなりの距離を歩く必要があるらしい。

そういえば前世の神話では、ミーノータウロス迷宮で迷わないように糸玉を使っていたな。俺も使ってみようかなと思ったんだけど、糸玉は一つが百メートルくらいなんだよな。だから携帯できるくらいの量じゃとても足りそうにない。

お母様にこのアイディアを話してみたら、みんな考えることは同じみたいで、やってみたけど途中で糸が足りなくなったんだってさ。

なら土魔法で壁に印をしたら迷わないかなと考えたけど、オーク迷宮と同じように、途中から魔法が壁や通路に作用しなくなるようだ。だから印をつけた木の小枝を何本も持ち込み、分かれ道のたびに置くことで迷わないようにするらしい。

でも置いたはずの木がなくなることもあるみたいだ。迷宮が木を吸収してしまったり、通路を作り変えてしまったりしているのかもしれないね。もしそうなら、道については対処のしようがないな。迷宮の地図を作成しても実際に潜《もぐ》ると通路が違っているとかあるみたいだから、たぶん通路が自動的に作り変えられているんだろうな。

ちなみに前世の神話の迷宮はミーノータウロスが外に出てこないように作られたけど、こっちの迷宮はそういう理由じゃないらしい。

なのでミーノータウロスは迷宮の最深部にいるというわけではないので、普通は迷宮に深く潜らず、浅い場所でミーノータウロスを狩るんだってさ。

ただ、浅い場所でミーノータウロスに出会うことなんてなかなかないし、出会えても命がけの戦いになるそうだ。

でもミーノータウロスは肉が美味しいから、狩ることができれば高値で売れる。

お宝を求めて迷宮の深くまで潜る人も稀《まれ》にいるらしいけど、帰ってこない者が続出したので深く潜る人はいなくなったんだとお母様が教えてくれた。

あと、そもそもなんでキャスペル殿下が迷宮に行こうと思ったかなんだけど、手足の欠損を治す方法が書かれた古い文献《ぶんけん》が発見されたかららしい。

その文献に書かれた方法とは、迷宮で手に入れた神薬エリクサーを使うというもの。

しかしキャスペル殿下の足が欠損したこのタイミングで、いきなり都合のいい文献が発見されるとかメチャクチャ怪しい気がする。

深く潜る人がいなくなったから、魔物がエリクサーを餌に迷宮に誘《さそ》っているように思えてならないな……けど、キャスペル殿下が治る見込みがあるなら協力してあげないと。

というわけで最初の話に戻るけど、とにかく迷宮攻略のための準備をやっていこう。

数日後、道しるべ用の棒二百本、糸玉十個、方位磁針を用意した。方位磁針は磁鉄鉱を入手して、木に埋め込んで作ってみたんだよね。

今回作った方位磁針は、中国で最初に作られた方位磁針である指南魚《しなんぎょ》を参考にした。指南魚は魚の形にした木に磁鉄鉱を埋め、水を入れた器に浮かべると魚の頭が南を向くという仕組みなんだ。

でもせっかく作ったけど迷宮の中が金属の多い場所とかだと、方位磁針はちゃんと動かない可能性があるな。

というか地球と同じように方位磁針が南北を示すかどうかの検証すら行っていないから、結局小枝の棒を道しるべにするのが一番確実な気がするな。短い時間なら迷宮に取り込まれないだろうし。

あとは、ミーノータウロスと戦うための装備も作った。

ミーノータウロスは斧《おの》を振りまわしながら突っ込んでくるらしい。この斧が当たると体が両断されるから正面には立たない方がいいみたいだ。

気休めではあるけど脛当《すねあ》て、篭手《こて》、腕当てを頑丈な魔蟻の脚で作り、他に魔蟻製の剣、ボウガン、盾《たて》も持っていくつもりだ。

さて、準備も終わったし、キャスペル殿下が首を長くして待っていそうだから、早速王都にあるメダリオン城まで飛んでいこう。

念願の美味しい牛肉をゲットできるといいな～。王様から食べさせてほしいとお願いもされているし。

シャトーブリアン、ヒレ、タン、ミスジ……頭の中が牛肉でいっぱいになってきたぞ。思い浮かべると早く食べたくてしょうがなくなる。しかしミーノータウロスにそんな部位はあるのだろうか？

調理法はやっぱりステーキ？　ハンバーグや焼肉もいいな。でも、焼き肉のタレがないか。そうすると塩コショウとワサビで食べるのがいいかな～。

……なんて、美味しい肉のことを考えながら飛行していたら、自然とスピードが増していた。飛ばしすぎると疲れるから、スピードを落とさないとな。

3　ミーノータウロス迷宮攻略準備

そんなこんなで王城に到着し、広間に案内してもらうと王太子のキャスペル殿下がいた。

「王太子様、失礼します。アルフレッド・ハイルーン、まかり越しました。事前に手紙は届いていますか？」

「いや、届いていないぞ。手紙を出したのか？」

「はい。七日ほど前に出しましたよ」

「手紙より先に到着できるのはアルフレッドだけだろうな。いつもながら楽しませてくれる。で、ミーノータウロス迷宮についてだが、もちろんいい返事をもらえるのだろうな」

「はい、一緒に行かせてください。でも、一つだけ確認があります」

「なんだ、言ってみろ」

「僕が危ないと判断したら、即時撤退するのが条件です。王太子様に怪我を負わせたら、みんなに申し開きができませんからね」

「安心しろ、父上から同じ条件を出されている。私も供の者も、死ぬわけにはいかないからな」

「よかった。ではそういうことでお願いします。ひとまずミーノータウロス迷宮について調べたので、情報を共有させてください」

「その前に、突然ではあるが本日よりお前をアルと呼ぶことにする。私のことはキャスと呼べ。お前を親友とすることに決めたからな。よろしく頼む」

「え」

思わず声を上げてしまう俺。たぶん鳩《はと》が豆鉄砲を食ったような顔をしていると思う。

キャスペル殿下は俺を不服そうな顔で見る。

「なぜ黙るのだ？　私の数少ない親友になれるのだぞ。嬉しすぎて言葉が出ないのか」

「そ、そうですね。親友ですね。ありがたき幸せです。ですが呼び方は今まで通り、『王太子様』とか『キャスペル殿下』にさせてもらえるとありがたいのですが……『キャス』という気安い呼び方にするのは恐れ多いのと、不敬罪とかで罰せられそうで怖いので……」

「大丈夫だ。この呼び方についてはすでに父上に許可を取っている。公《おおやけ》の席では今まで通りに呼ぶようにすればいい。それ以外は愛称のキャスと呼んでいいぞ」

「は、はあ……いきなりは難しいですが、そのように心がけます」

「我が親友アルよ、これから頼むぞ」

キャスペル殿下が手を差し出して握手を求めてきたので、俺もそれに応じる。

「よろしくお願いします。では早速明日、迷宮攻略の打ち合わせを行いましょう」

「その前に、そういえば父上がアルを呼んでいたのだった」

「分かりました」

キャスペル殿下に急にそんなことを言われたので、王様の執務室に行くことになった。


執務室に入ると、王様が手招きしていたので、示された応接セットの椅子にちょこんと座る。

「アルフレッドよ、迷惑をかけるがキャスペルのことをよろしく頼むぞ」

「キャスペル殿下が怪我されないようにミーノータウロスを狩るので、王様も美味しいお肉を楽しみにしていてくださいね」

そう言ったら、王様の硬い表情が少し和《やわ》らいだように見えた。

「頼むぞ！　迷宮に行って神薬エリクサーを手に入れたいというキャスペルの気持ちも分からぬではないが、キャスペルだけでは取り返しのつかない事態になる気がしてな」

王様の様子からは、キャスペル殿下のことを心配しているのが伝わってくる。

でも相手はミーノータウロスだというのに「少しくらいの怪我はいいから、できるだけキャスペルにやらせてやってくれ」とかいう無茶を言ってきた。

うーん、警護だけじゃダメなの？　面倒くさい。

そんな気持ちが顔に出ていたのか、王様は俺に「すまぬ」と謝ってきた。

頭を下げられちゃうと、分かりましたとしか言えないよな。

「フルプレートの鎧《よろい》だと片足の殿下には重すぎると思って、軽くて丈夫な魔蟻の脚で脛当て、篭手、腕当てなどの防具も作りました」

キャスペル殿下の装備について説明したら、王様も少しは安心するかなと思い、俺はそう伝えた。

「キャスペルのためにそんなものまで作ってくれたのか、アルフレッドはよく気が付くな。今回の討伐は王家からの依頼ではないという体になっているから恩賞《おんしょう》は渡せぬが、ワシが個人的に考えておくから期待しておいてくれ」

おっ、ならちょうどいい。製塩のことについて相談してみよう。

そう思って海までの地図を見せて、製塩のために土地を貸してほしいと説明する。

王様は、使用について快《こころよ》く許可してくれた。

その後王様が期待の眼差しで、何を計画しているか聞いてきたので、海塩を作ること、大沼ガエルの養殖を行うことを説明する。

「海塩だと！　他国からの輸入に頼っていて、自国でなんとかならんかと考えていたのだ」

王様が興奮気味に大きな声で言った。

ところでずっと王様と呼んでたけど、流石に子供っぽいので、これからは国王様と呼ぶことにしようと思う。

でもそう呼び始めたら、国王様はなんだか寂しそうにしてた。

「王様」と呼ぶのが俺だけなので、国王様はそう呼ばれるのを結構気に入っていたらしい……よく分からない理屈だな。


その後、メダリオン城のダイニングルームで昼食を取りながら迷宮の情報共有をすることになった。

参加しているのは、俺、キャスペル殿下、その他にミーノータウロス迷宮に同行する騎士二名と魔法師二名だ。

……のはずなのに、なぜか国王様まで座っている。

きっとキャスペル殿下のことが心配で、どんな話をするのか気になっているんだろうな。

でもみんな、国王様がいるせいで緊張しているのが見て取れる。特に、キャスペル殿下が不満げな表情をしてるのだが、大丈夫なのだろうか？

「父上、ミーノータウロス迷宮に行く者の情報共有と顔合わせのための食事会なのですから、ご遠慮願えませんか」

キャスペル殿下が国王様に向かって少し強い口調で言った。

国王様は残念そうな顔をしている。

「キャスペルも言うようになったな。お前たち、怪我のないように頼んだぞ」

国王様は名残惜《なごりお》しそうにしながら部屋から出ていった。

キャスペル殿下って、国王様にも自分の言いたいことを言う人なんだな、意外だった。国王様も素直に出ていくとは思わなかったよ。

そんなこんなで、俺がミーノータウロス迷宮について調べた情報を共有した。ダンジョン内でのフォーメーションも確認し、危険と判断したら撤退するという決め事についても再確認した。

ちなみに食事会とは言っていたが、打ち合わせが目的だったからか本当に簡単な料理で、野菜とお肉のスープ、少し硬いパン、メインは焼いた鶏肉《とりにく》だった。

あと、今回参加する騎士と魔法師は普段からキャスペル殿下と仲がいいみたいだ。国王様が退席してからは緊張が取れていた。

こうして和やかに打ち合わせは進んだ。

情報共有はだいたい終わったので、俺は持参した大きな袋から、魔蟻の脚製の脛当て、篭手、腕当てなどの装備を取り出す。テーブルの上に置くと、みんな装備に見入っている。

俺は装備の使用方法を説明し、実際に装着してもらった。

魔蟻の装備は頑丈で軽いのが特徴だ。フルプレートの鎧は重すぎて迷宮探索には使えないそうで、この装備は予想以上に喜んでもらえた。

「魔蟻製の防具なんて見たことありません」

「本当にもらえるんですか？」

そんな風に確認してくるパーティーメンバーたち。

魔蟻の脚をカットして紐《ひも》で結んだだけの簡単な防具なんだけどな。こんなに喜んでもらえるなんて、逆に申し訳ない。

なお魔蟻製の防具は、普通の剣なら一度や二度切りつけただけでは、打撲になってもまず切り傷ができることはない。でもそんな魔蟻の防具でも、無敵なわけじゃない。もし衝撃が大きければ、防具は無事だとしても体が吹き飛ばされるだろうし、骨折や脱臼《だっきゅう》は避《さ》けられないってことは伝えておいた。あと、火に弱いことも説明して各自気を付けるようにお願いした。


そうこうして、食事会という名の顔合わせは和やかなうちにお開きになる。その後、みんなで仕事斡旋ギルドに向かう。目的はミーノータウロスの討伐依頼を受けるためだ。

国王様が討伐の許可を出す場合、なぜか謎に毎回マシュー商会が依頼人になっていて、仕事斡旋ギルドを経由して依頼を受けるんだよね。

なんか王家からの依頼であることとか、俺が爵位を持っていることをバレないようにしたいみたいなんだけど、キャスペル殿下まで同行するのに意味あるのかな？

そう思っていたら、騎士さんと魔法師さんが一般人に見えるように変装をしていた。

キャスペル殿下まで変装してたけど、衣装が変で逆に目立ってる気がする。誰が準備したんだろうな。まあ、温かい目で見守ることにするか。


王都の仕事斡旋ギルドに来るのは久しぶりだな〜、なんて思いつつ、ドアを開けて中に入る。

「いらっしゃい、久しぶりですね」

覚えていてくれたみたいで、受付のエイミーさんが元気に声を掛けてくれた。

「エイミーさん、お久しぶりです」

「マシュー商会の依頼、ミーノータウロス討伐ですよね？」

「はい、その依頼を受けに来ました。でも俺は今日は付き添いなので、受けるのはこちらの……えー」

俺はキャスペル殿下のことを、エイミーさんになんと伝えようか迷ってしまった。

「えー……キャ」と名前を言いかけると、キャスペル殿下は首を小さく横に振って止める。自分では変装してるつもりだから、キャスペル殿下だと明かしたらまずいんだろうな。

ちなみにキャスペル殿下の服装は、どう見ても貴族の坊ちゃんという感じだ。他の四名の騎士や魔法師も変装はしているけど、殺気というか近付いてくるなオーラがダダ漏れで非常に怪しい仕上がりになっている。

まあそれはともかく、依頼を受けないとと思い、俺はこっそりエイミーさんに言う。

「……キャスペル殿下のお供で来ました」

「なるほど、あの方がキャスペル殿下ですね。この依頼についてはギルド長が応対するので、一緒に来てもらえますか？」

そんなこんなで俺たちはエイミーさんの案内で階段を上がり、仕事斡旋ギルドのギルド長の執務室に向かう。

中に入ると、ギルド長は俺の顔を見るなり嬉しそうに言う。

「やあ、アルフレッド君。どうだい、久しぶりにギルド長チャレンジなんて」

いきなりギルド長チャレンジに誘ってくるなんて懲《こ》りない人だな。

ちなみにギルド長チャレンジというのは、ギルド長が俺の強さに目をつけて腕試しを挑んでくる……という異世界ラノベテンプレをイベント化したような謎の催しの名前だ。

「あなた！　またバカなことを言っているのですか」

え。今、エイミーさんが『あなた』と言ったな。二人は結婚したのかな？

「おいエイミー、やめろ。ここではギルド長と呼べ」

「あ……ギルド長！　ギルド長チャレンジは絶対にダメですからね、認められません！」

エイミーさんはいつものようにギルド長に小言を言っている。

「お二人とも、おめでとうございます。結婚されたんですよね」

俺が冗談でそう言ったら、ギルド長とエイミーさんが照れ臭《くさ》そうにしている。

「なんだ、誰にも言ってないのによく分かったな」

え。本当に結婚したんだ……

「えっと……もしかして、エイミーさんのお腹に赤ちゃんがいるのですか？」

「そうなのか？　エイミー、俺は聞いてないぞ」

「誰にも言ってないのによく分かったわね」

ギルド長とエイミーさんがそう言った後、みんなが俺を変な生き物を見るような目で見てくる。

「お腹をかばっているように見えたので言っただけですよ！」

「ふーん、すごい観察力ね……」

エイミーさんが訝《いぶか》しげに俺を見ている。本当は魔力の流れを見ることができる魔力鑑定眼の能力を使ったんだけど、バレたらまずい。

そう思っていたら、キャスペル殿下が助け舟を出してくれた。

「そろそろ依頼の話をしないか？」

ありがとうございますキャスペル殿下、と目でお礼を言っておいた。

キャスペル殿下はニッコリ微笑《ほほえ》んでくれた。


その後、依頼の話になった。

ギルド長のガルドさんは、一枚の紙を出す。紙には次のように書いてあった。

ランク1　草刈り、ゴミ捨て、片付けなどの雑用
ランク2　簡単な素材採取
ランク3　猪などの害獣駆除
ランク4　狼《おおかみ》、熊《くま》などの害獣討伐
ランク5　ゴブリンなどのD級魔物討伐
ランク6　オークなどのC級魔物討伐
ランク7　オーガなどのB級魔物討伐
ランク8　竜、ミーノータウロスなどのA級魔物討伐
ランク9　迷宮の主《ぬし》の討伐、ドロップ品の回収
ランク10　龍《りゅう》などS級魔物の討伐

なお『竜』と『龍』は別の生き物であり、『龍』は伝説級の存在だから討伐どころじゃないらしい。

「今回の依頼内容のミーノータウロス討伐は、ランク8に該当する。これを許可するためには通常は実績が必要となることは知っているよな……おい、それも知らないのか？」

ギルド長にそう問いかけられ、俺以外の人たちは完全に目が泳いでいる。

ギルド長は、キャスペル殿下の方を見てため息を吐《つ》く。

「少しは俺の立場を分かってほしいものだ。ミーノータウロス迷宮攻略だったら許可する気はない。浅い場所で狩るだけということで、ギリギリ許可が出せるかどうかだな。だが実績ゼロでいきなりA級魔物討伐というのは、いくらなんでも無茶じゃないか？」

「どうすれば許可が出ますか？」

キャスペル殿下が真面目な表情で尋ねた。

「そうだな、B級魔物のオーガを一匹討伐できる実力を見せてほしい。できるだけそこの五人で討伐してくれ。アルフレッド君にやらせると簡単に討伐してしまうからな。この条件を提示する意味をよく考えて、アルフレッド君以外の五人で取り組んでくれ。この条件でも最大限譲歩しているからな」

キャスペル殿下は素直に従うことにしたようで、エイミーさんからオーガの討伐についての説明を受ける。

「お前も大変だな。今度は護衛なのか？」

説明が終わり、部屋から出て行こうとしたら、ギルド長が話しかけてきた。

「僕がミーノータウロスのお肉を食べてみたいと言いだしたのが発端ですから」

「そういうことにしておいてやるから、くれぐれも王太子様に怪我をさせないでくれよ」

ギルド長は迷宮攻略の目的が神薬だと気付いているみたいだな。

なんて考えつつ、資料室でオーガ迷宮の資料と討伐方法などの記録の確認を行い、仕事斡旋ギルドを後にした。

しかし、予定が大きく変わってしまったな。今回ミーノータウロス迷宮での討伐を想定して調べものをしたり準備を行ったりしたのに。オーガ迷宮に挑むことになるなんて想定外だ。

4　緊急オーガ討伐

そうこうしてミーノータウロス討伐の前にオーガ討伐を行うハメになり、俺たちがオーガ迷宮に向かおうとしていた、その時だった。

タイミングがいいのか悪いのか、俺のトラブル体質が健在なのか、町がオーガに襲われたと伝書鳩による知らせが届き、ギルドにオーガの討伐依頼が入った。

依頼にはすごい人数の冒険者が集まり、急遽《きゅうきょ》、オーガの出たという町にみんなで向かうことになった。

ちなみに他の町ギルドからも、すでに先遣隊《せんけんたい》が出発しているみたいだ。

エイミーさんから提供された資料によると、オーガは身長が三・五メートルから五メートルあり、こん棒を武器として使い、腕力が強くて常に狂暴だそうだ。あと、変身能力まであり、生き物ならなんにでも変身できるとのこと。大きさも自由に変えられるんだそうだ。対策が厄介そうだな。

さらに最悪なことに、若い女性や子供が大好物らしい。知能はあまり高くないようだから、そこを突いてなんとかするしかないかな。

しかし変身の魔法か～。不謹慎だけど、俺も覚えて使ってみたいな……じゃなく！　そんなことより気にすべきは被害の状況だよな。

オーガに襲われた町では、騎士やギルドの人たちが応戦しているが、かなりの被害が出ているらしい。ギルド長も討伐に参加すると言っていた。

なお、襲撃からすでに一日が経過していて、オーガの出た町までは馬車で三日も離れているそうだ。

困ったな、早く向かわないと。本当はギルド長に俺がどんな魔法を使えるのかを知られたくはないんだけど、被害を少なくするためにはそんなことは言っていられないな。

俺がウイングスーツで飛んで向かったら、キャスペル殿下と別行動を取ることになってしまう。だけどキャスペル殿下の護衛はギルド長に任せればいいだろう。

ということで、俺は早速ウイングスーツに着替えることにする。

今持っている武器は、棒手裏剣《ぼうしゅりけん》三十本、魔蟻のナイフ二本、爆裂弾《ばくれつだん》二十発、それに空気銃だ。

剣は持つと飛びづらいので現地で調達するかな。

こうなると分かっていたら、カーゴウイングを持って飛んできたんだけどな～。

ちなみにカーゴウイングっていうのは、俺が発明して勝手に命名した、鳥の翼《つばさ》に持ち手がついたような形状で、飛行する時に荷物を運ぶためのアイテムだ。

「キャスペル殿下、先に行きますね。みなさん、キャスペル殿下の護衛をよろしくお願いします」

「アル、頑張れよ！　私のために残しておこうなどと気を遣《つか》う必要はない、国民の安全のためにさっさと殲滅《せんめつ》してしまえ」

キャスペル殿下は俺に握手を求めた後で快く送り出してくれる。

俺はできるだけ目立たないように飛び立った。


最大速度で飛行すると三十分で目的の町の上空に到達した。

オーガの姿は、上空からでもすぐに分かった。
デ、デカい！　五メートルはあるんじゃないかな。
そしてオーガといえば鬼みたいな姿をイメージしていたのだが、ジャックと豆の木に出てくるような巨人に近い、髭面《ひげづら》の大男のような外見をしている。

建物が壊れており、オーガがこん棒を振りまわしている。きっと殴って壊したんだろうな。

俺の眼下に見えるオーガは、体に何本もの矢が刺さっている。だが皮か脂肪が厚いようで、まったく痛がっているように見えない。

頭には兜《かぶと》をかぶっていて、よく見ると亀《かめ》の甲羅《こうら》のようにも見える。

町の人たちはオーガから少し距離を取り、囲むようにして弓矢で攻撃しているが、歯が立たない様子だ。

ので、やっぱり俺がなんとかしないとな。

さて、どうやって倒そう。オーガはすごい力でこん棒を振るっているから、迂闊《うかつ》に近付くのは危険だろう。

ブン。ブン。

こん棒を振る音がすごい。

それに、あちこちからドガンドガンという大きな音が聞こえてくる。

どうも、オーガは一匹ではないようだ。

飛んで見まわしてみると、思った通りオーガは他にもいた。町全体を確認すると、十匹以上のオーガが入り込んでいる様子だ。オスのオーガだけでなく、メスのオーグリスも見えた。きっと人間を狩りに来たんだろうな。

町にはかなりの被害が出ている。早くなんとかしないと……

オーガは火魔法に弱いそうだが、町には人が大勢いるから、爆裂弾は使えそうにない。

そもそも一度着陸して、ウイングスーツから普通の服に着替えた方がよさそうだ。

人がいない路地を見つけて着陸すると、急いでウイングスーツから普通の服に着替える。

上空から観察していたら、こん棒を振りまわしているうちに疲れて休んでいるオーガの姿が確認できた。なので、その隙《すき》を狙《ねら》うのがいいだろう。

以前開発したスナイパーライフルがあればいいんだが、今は手元にない。なので、オーガの目を棒手裏剣で攻撃すると決める。

その時、突然声が響く。

「おい、なんで子供がこんなところにいる。危ないから、家に帰って隠れていろ」

声を掛けてきたのは、オーガと戦っている最中らしきおじさんだった。

面倒だな～。これでもただの子供じゃなく、伯爵なんだけどな。

本当はバレたくないけど、伯爵って分かれば好きにさせてくれるだろう。なので、名乗っておこうかな。

「ただの子供じゃありません、アルフレッド・ハイルーン伯爵です。王都の仕事斡旋ギルドから討伐依頼を受けてきました」

「坊主《ぼうず》、伯爵とは面白い冗談を考えたな。だが今は坊主の冗談に付き合っている場合じゃないんだ。それによそで伯爵とか言っていると、詐欺罪《さぎざい》で打ち首になるからやめろよ？　お母さんも心配しているだろうから早く帰れ」

おじさんはまったく信じていない様子だ。

「でも本当に伯爵なんですよ。これから見ることは黙っておいてくださいね」

「なんだ？　黙っていてやるから、とにかく早く帰れ」

「約束しましたからね」

俺は身体強化魔法を発動すると棒手裏剣を投擲《とうてき》し、風の魔法で棒手裏剣に勢いをつける。さらに軌道を微調整し、オーガの目に向かって飛ばす。

だがオーガは何かの魔法で守られているようで、棒手裏剣は当たる寸前で弾《はじ》かれた。

矢が体に刺さっているところを見ると、頭の兜が防御の魔道具《まどうぐ》である可能性が高いようだ。

「ちょっとその剣を借りられませんか？」

路地に駆け込んでおじさんに声を掛けると、呆然とした様子で言う。

「坊主……お前、今風の魔法を使ったのか？　伯爵だなんて信じられなかったが、坊主の言うことは本当なのかもしれんな。分かった、剣を貸してやってもいいが返してくれよ。それ一振りしかないのでな」

「もし折れたら、買って返しますから安心してください」

こうして貸してもらっておいてなんなのだが、剣は刃に傷があり、いい状態ではなかった。

でもこれしかないので仕方ない。ボロボロの剣を握って身体強化魔法を発動させ、オーガの後ろから股の下をすり抜けざまに切りつける。

握った剣にガツンと衝撃があり、オーガの足首が大きく切り裂《さ》かれた。

オーガが真っ赤な顔になり、大きな声で怒鳴る。

「オデの足が……切った奴は誰だ！」

賢くないが知能がある。エイミーさんが言っていた通りのようだな。

だがオーガはそれ以上何もできなかった。アキレス腱が切れたのか、膝をつき立ち上がることができないのだ。

さて、攻撃を続けるか……そう思って手元の剣を見たら、刃こぼれしていた。

あーあ、この世界は製鉄技術がイマイチだから、剣も脆《もろ》いんだな。

「おじさん、ごめんなさい。剣が刃こぼれしちゃいました」

「そんなことより、さっきの動きはなんだ？　おかしいだろう。お前、身体強化魔法も使えるんだな？」

おじさんは驚愕した様子でいろいろと俺に尋ねてきた。

「身体強化魔法なら、さっき棒手裏剣を投げる時も使っていたよ」

「もしかして、坊主。本当に伯爵様なのか」

「ええ、何度も言ってるように、僕は伯爵ですよ」

「俺はふ、不敬罪になるのか。いや、なるのでしょうか？」

俺が本当に伯爵だと知り、おじさんはオロオロと慌て始めた。顔には冷や汗までかいている。

「そんなことしませんよ。それよりおじさん、オーガを倒してしまいましょう。動けなくなっていますから」

「そうだな。いや、そうですね」

すっかり恐縮した様子のおじさんに俺はため息を吐く。

「も～、言葉遣いはいいですから！　……って、あ！　そうだ」

俺は手にしていた剣を見て、刃こぼれのことを思い出した。

「貸してもらったこの剣、折れそうなので後で別のを買って返しますね」

「いやいい、その剣はやる。オーガを討伐してくれるなら安いもんだ」

真剣な顔で言うおじさん。おれも真剣に、オーガの倒し方を考えないとな。

「顔の周りに矢が刺さっていない理由は分かりますか」

「あのオーガがかぶっている兜は魔亀《まがめ》の甲羅で、防御魔法が掛かっているらしいぞ」

おじさんに尋ねると、そう答えてくれた。

やっぱり、なんらかの魔法で守られていたんだな。

俺はなんとかオーガの弱点を探ろうと思い、再度オーガに後ろから近付く。そして足、手首を何度も切りつけては離れた。

オーガはこん棒を振りまわしてくるが、俺はオーガの死角になるように回り込んで避《よ》ける。

そうこうして繰り返し切りつけていると、徐々にオーガが弱ってきた。もうこん棒を振りまわす力は残っていないようだ。

けど何度も切りつけたせいか、そのうち俺の剣が見事に折れてしまった。

俺は慌てて路地に逃げ込んでおじさんに言う。

「お、折れちゃいました……すみません」

路地にいたおじさんに謝ると、おじさんは折れてしまった剣を手に取り、ショックを受けた様子でまじまじと見ていた。

一本しかないのに折ってごめんなさい。

そこに新たに二人のおじさん……もとい、町の防衛をしている人たちが近付いてくる。

「オレたちではあんな風に戦えないから、代わりに使ってくれ」

そう言って、二本の剣を手渡してくれた。

礼を言うと、俺は両手に剣を握る。それからオーガたちを倒すために、オーガがこん棒で町を破壊している大きな音のする場所を目指して進む。


大きな音を目標に移動すると、魔亀の兜を被ったオーガが見えた。魔亀の兜の周りはダメージが通らないから攻撃しても意味がないんだよな。

その様子を確認してから路地に入ると、また町の防衛をしている人たちに会った。

その人たちにも俺は伯爵だと伝えたんだけど、信じてもらえなかった。まあ、こんな子供が伯爵だなんて誰も思わないよな。

信じてもらうために、印籠《いんろう》とかがあれば便利なのにな。国王様から許されたら、印籠とか作ってもいいのかな？　お母様かお祖父様たちに聞いてみよう……じゃなくて、今はオーガの討伐に専念しないと！

というわけでオーガの前に飛び出し、ここでも一匹目のオーガと同じように後ろから切りつける。そうして動けなくしておいてから、ヒットアンドアウェイでダメージを蓄積させていく。

オーガは正面から対峙すると危険な魔物なので、こうやって後ろから切りつけるのが安全なんだ。まあ、俺みたいに身体強化魔法が使えて、超至近距離でウインドスラッシュを射出できることが前提だけど。

周囲には剣で切りつけているように見えるだろうけど、本当はオーガの攻撃を剣で防ぎ、ウインドスラッシュを連射しているんだ。

これだけ近付けばオーガは本来の力を発揮できないし、俺もウインドスラッシュを外すことはない。だから周りに人がいても、被害を出さないで済む。

次に現れたオーガは盾を持って矢を防いでいたようで、魔亀の兜は被っていない。

俺は身体強化魔法を発動して棒手裏剣を投擲し、風の魔法で勢いをつけて、目に刺さるように放つ。

放った棒手裏剣は……お、当たった！

オーガが悶絶《もんぜつ》して叫び声を上げ、五メートル近い巨体が後ろにゆっくりと傾き、倒れる。地響きのような音がして地面が揺れた。

なんとかオーガを倒せたので、路地に戻る。

すると町の人たちみんなが俺のことを噂《うわさ》していて、変な生き物でも見るような目つきで見てきた。

いつものことではあるが、いい気はしないな。話しかけられていろいろ尋ねられたら時間がもったいないので次に向かおう。


そして、また別の場所でオーガを見つけ、足にロープを絡ませて倒した。

路地に入ってみると、この場所では怪我人が大勢出ていた。

「大丈夫ですか？」

俺は怪我人にそう尋ねた。

「立つことができん」

そう言ったおじさんは足が折れている様子だった。

手で触りながら、折れた骨がもとの位置に戻るように移動させ、固定する。

おじさんは痛みで顔をしかめているが、もう少し我慢してもらおう。

癒《いや》しの魔法を行使すると、俺の手から温かな光が漏れ、骨折した場所に吸い込まれるように消えていく。

「どうですか？　痛みが和らぎましたか？」

「かなり痛みがなくなった、ありがとう」

「添え木をするからまだ動かないで」

俺は近くに転がっていた木の棒を適当な長さにカットし、添え木を作った。それからおじさんのズボンを切り裂き、紐を作って折れた箇所に固定する。

「手慣れているんだな。その歳で治療をしたことがあるのか」

おじさんは感心した様子で言う。

「ま、まあ……ちょっと動かすので、痛いかもしれませんよ」

俺は適当に誤魔化しながら治療を続ける。

「骨がくっつくまで、足は固定したままにしてくださいね。折れた方の足は突いたらダメです。ちゃんと言いつけを守ってくださいね。じゃあ、次の人を治療に行ってきます」

「ありがとう、もう歩けないかと心配になっていたんだ」

お礼を言ってくるおじさんの顔は、半分泣きそうだった。

俺は倒れて痛そうにしている人たちを治療していく。

なんで骨折したのかというと、この人もロープをオーガの足に絡みつかせ、動けなくすることに成功したんだけど、その時にオーガにやられてしまったらしい。

さっきのおじさんと同じように骨を繋《つな》ぎ、癒しの魔法を行使して添え木をした。

そんなこんなでオーガを倒したり治療をしたりと走りまわっていたら、また大きな音が聞こえてきた。

急いでそちらの方に向かうと、バシュッと音がして大きな矢がオーガに突き刺さるのが見えた。

あれは、攻城兵器のバリスタか！　使われるところを初めて見た。

近くにいる町の人に話を聞いてみたところ、オーガは普通の弓矢では倒せないため、隣町からバリスタを引っ張ってきたんだそうだ。

バリスタは大きくて、急に狙いを変更することはできない。なので十字路にバリスタを設置しておいてオーガを誘導し、至近距離から射ることで倒すんだって。

オーガに当たればいいけど、もし外してしまったら近距離からこん棒の攻撃が襲ってくる。さっき路地にいた怪我人たちは、その過程で怪我をした人たちのようだ。

町の人たちに、この辺りにも怪我人がいないか尋ねてみると、やっぱりこの辺りでも出ていた。オーガが振りまわしたこん棒に当たって亡くなった人もいるみたいだ。

こん棒の威力はものすごいらしく、直撃していないのに衝撃波で骨折や打撲になってしまうようだ。ひえー、じゃあ直撃したら即死だろうな。

俺は治療とオーガ討伐でバタバタ走りまわった。

だけど、そもそもオーガを全滅させないとまた怪我人が出て埒《らち》が明かない気がする。

なので、まずは町にいるオーガをすべて倒してしまおう。そう思い、バリスタで倒しきれないオーガをすべて俺が倒しに行く。

こうしてしばらく戦い、十二匹のオーガと三匹のオーグリス、全部で十五匹を倒した。

町のオーガは一掃できたけど、骨折などの重傷者は五十人を超え、二十人以上が亡くなっていた。

それに町の人に聞いたけど、まだ他にも近くにオーガがいるみたい。オーガ迷宮を攻略しなければ被害はなくならなそうだな。

これまでも定期的にオーガ迷宮のオーガを狩って数を減らしていたみたいだけど、数年ごとにスタンピードを起こし、急に増えて溢《あふ》れ出ることがあると聞いた。

でももしスタンピードだったらもっと大量のオーガが溢れるから、今回の襲撃はスタンピードというわけではないらしくてそこは安心だ。

とりあえず、町の外にいるオーガも討伐しておいた方がいいかな？

キャスペル殿下たちは明後日に到着するはず。到着したらこなすクエストがオーガ討伐じゃなく、オーガ迷宮攻略に切り替わることになりそうだ。

□□□

そして翌日。

キャスペル殿下たちが王都から到着するまでに時間があるので、近くの森の探索に加わった。

俺はウインドスラッシュで何匹ものオーガを仕留めていく。

剣術と魔法が使えれば強敵ではなく、あっさりやっつけられた。

俺は戦いながら「オーガ弱っ」とか言っていたらしい。おかげで周囲からおかしな奴だと噂されているみたいだ。

このことを教えてくれたのは、俺に剣をくれた町のおじさん、ベイクさんだ。

ベイクさんがアルフレッド・ハイルーン伯爵だと説明したからなのか、俺の独り言が原因なのかは分からないけど、そのうちに誰も近寄ってこなくなってしまった。

オーガを見つけたらウインドスラッシュ二発以内で倒していたから、恐れられているのかもな。

そういえばオーガと戦っているうちに、オーガは足を攻撃して動けなくしてしまえば問題なく倒すことができると分かった。なので俺は、残りのオーガはみんなに任せてしまうことにした。

代わりに俺は治療をメインでやることに。怪我を治療した人たちは、お礼にと言って剣を十本近くくれたし、食べ物もいろいろとくれた。

そうこうしているうちに、今日のオーガ討伐は終了すると伝えられ、町に帰る。

でも気になることが一つある。森への討伐隊の中には、フードをかぶったちょっと気味が悪い人たちがいて、オーガの討伐をしているというよりはこそこそと何かを探っているように見えたんだ。

ちょっと気になっているんだけど、気味が悪いってだけで何も悪いことはしてないから、今のところは様子を見るしかないな。なんとなくだけど気配から、邪神教徒じゃないかって感じがして心配だな。

　ちなみに邪神教っていうのは、邪神を崇《あが》めてこの世に混乱をもたらそうとしているテロ組織だ。

　そしてさらに翌日、王都から討伐に向かっていた人たちが続々と町に到着し始めた。

　今更だけど、俺がいる町はベルン公爵領メロンというんだ。なんとも美味しそうな名前だよね。

「アル、こっちだ」

　声がした方を見ると、そこには高そうな黒塗りの馬車があった。馬車の窓にはキャスペル殿下の顔が見え、俺に手を振っている。

「キャスペル殿下、無事にお会いできてほっとしました」

「アルも元気そうで何よりだ」

　馬車が停車すると、周りの人の注目を集めてしまっている。

「す、すごい馬車ですね」

「目立つから嫌だったのだが、父上がどうしてもこれを使えとうるさくてな。仕方なくこの馬車を使ったが、身分がバレてしまうから本当は嫌なのだ」

「そうでしょうね。黒塗りだし四角いし身分がバレるし、大きな印籠みたいですものね」

「印籠とはなんだ？」

　キャスペル殿下が首を傾げながら尋ねてくる。

「あっ、すみません。この馬車に乗っていれば王家の関係者だと宣言しているようなものですからね……みたいなことが言いたかったんですよ」

「まさにそうだな。この馬車で移動する時点でお忍びになっていないんだ」

キャスペル殿下に宿のことについて尋ねると、国王様がすでに手配しているらしい。討伐依頼を受けた人がたくさん来ているから泊まる場所がないかなと心配してたんだが、よかった。

「国王様はいいお父上ですね」

「何を言う！　父上は私に過保護すぎるのだ」

キャスペル殿下が少し照れ臭そうにしていた。


その後、なぜか俺までキャスペル殿下と同じ宿に泊まることになった。

「お前、『落ち人』というのを聞いたことあるか？」

食事をしているとキャスペル殿下が急にこんなことを聞いてきた。

「いえ、なんですかその落ち人とは」

「違う世界からこの世界に落ちてきた人らしい。古い書物に書いてあったのを読んだことがあるんだ」

「その書物は僕も読めますか？」

突然、面白そうな話が出てきたぞ。メチャクチャ興味がある。

「王族関係者以外閲覧禁止の禁書庫にあり、父上に閲覧許可をもらう必要があるがな」

「今回の件が片付いたらお願いしてみます」

「アルならすぐに許可してくれるだろう。それに誰も読むことができない文字で書かれたものもあるぞ。楽しみだろう？」

キャスペル殿下が含みのある言い方をしてきた。それに目が楽しそうだ。俺なら読めそうとか思っているのかな。

「読めない文字とかすごく興味が湧いてきました」

マイバイブルのラノベテンプレでいけば、日本語で書かれているんだろうな。転生者か召喚された者が書いたんだろうか？

「アルは本当に変わったことが好きなんだな」

「変わっているつもりはないんですけどね……それよりもオーガの討伐ですが、一匹なら森に行けば狩れるのでクリアできますよ。でも近日中に、オーガ迷宮の攻略が予定されているそうです。そちらに参加しますか？」

「そうだな、まずオーガを見てみたい。アル、明日一緒に森へ行ってくれるか。どうするかはそれから決める」

キャスペル殿下が真剣な表情で言った。

「分かりました」

「では、明日のために早めに休むとしよう」

キャスペル殿下と護衛の方たちは長旅なので疲れているみたいだ。黒塗りの馬車はリーフ式スプリングとショックアブソーバーを組み込む改造がまだだからな。それで疲れが出たんだろう。

この依頼が終わったら、早めに改造することにしよう。

□□□

翌日、朝早く。

俺は突然激しく鳴り響いた鐘の音に叩き起こされた。何かが町に攻めてきたことを知らせる鐘の音だ。

慌てて着替えると、キャスペル殿下の部屋に急ぐ。

そこにはすでに護衛の人たちも集まっていたので、状況を聞くことにした。

「この鐘の音、何が攻めてきたのでしょうか？」

「詳しくは分かりません。ですが、何かがこの町に迫《せま》ってきているのは間違いなさそうです。すぐに役所に向かいましょう」

護衛の騎士の一人が落ち着いた様子でそう提案した。役所には情報や戦力が集まっているだろうからね。

「ここから一番近い迷宮はオーガ迷宮だから、オーガの襲撃ではないか？　まさかこの先に住んでいる地竜《じりゅう》が襲ってきたわけではないだろう」

別の護衛の人も慌てた様子もなくそう言った。流石キャスペル殿下の護衛だけあって、かなりの実力者のようだ。

護衛の人たちの言うように、おそらくオーガが攻めてきているんだろうな。

そう思い、キャスペル殿下と護衛の人たちには、役所に向かってもらうことにした。みんながそこで情報を集めている間に、俺はウイングスーツで偵察《ていさつ》だ。

町の近くの上空をホバリングしてみたが、オーガの姿は見えない。これなら襲撃まで少しは時間がありそうかな？

じゃあなんで鐘が鳴ったのかという不思議はあるけど、迷宮付近にいた誰かが迷宮から溢れたオーガに気付いて知らせたとかだろうか。

偵察を終えて、俺は役所に向かう。

キャスペル殿下のところに到着すると、すでに多くの騎士や冒険者が集まっていた。

四十歳くらいの騎士が役所のホールの中で一段高くなっている台に上がると、辺りは一瞬で静まり返る。

騎士が告げた内容は、「小型の地竜が二十匹以上、町に向かってきている」とのことだった。

けど、どうもおかしい。俺が調べた記録によれば、今まで地竜が二十匹を超えた群れで町を襲ったことはないはずだ。それに地竜の生息地からすると、この町の手前にある公爵の町や、もっと手前にある町や村が先に襲われているはず。

いきなりこの町にやって来るなんて、普通考えられない。

違和感があるので、さらに偵察を行うことにした。


しばらく飛ぶと、森の先に地竜らしきものが迫っていた。

そういえば、地竜の詳しい外見って聞いてなかったな。見た感じ、アンキロサウルスとかステゴサウルスみたいなどっしりとした体形の恐竜って感じだ。

以前倒した岩風竜《がんぷうりゅう》はラプトルみたいな姿をしていたし、この世界で『竜』っていわれる存在は恐竜みたいな姿なのかもな。

でも地竜を魔力鑑定眼で見てみたら、魔力の動きに違和感がある。体全体を魔力が覆《おお》っていて、まるで何かの魔法を纏《まと》っているみたいだ。

そういえば、上位の龍は会話ができるって聞いたな。ってことはもしかして、地竜も会話ができるのかな？

そう思って俺は地竜の首の辺りにホバリングで降りてみる。首に降りたら攻撃できないだろうと思ったからだ。

「地竜さん、地竜さん。聞こえる？　会話できますか？」

俺の声が聞こえたみたいで、地竜が動きを止めた。

「僕の名前はアルフレッドです。地竜さんは会話できますか？」

「誰だ？　オデの首に乗っかっているのは」

おっ、話せるみたいだな。

「このまま進むと、人間の住むメロンという町に到達します。引き返してくれませんか？」

「なぜ引き返さないといけない。オデは人間が食べたいのだ。お前も美味《うま》そうだな、俺に食われろ」

うーん。会話はできるが、まともな話はできないみたいだ。

他にもなんか引っかかる。地竜は肉食じゃない。それに討伐したオーガの一人称は、みんな「オデ」だったような……

「もしかして、あなたは地竜さんでなくオーガさんです？」

「お前、なんでオデがオーガだと分かった!?　完璧に地竜に変身しているはずだぞ」

あっ、あっさり正体を教えてくれたよ。やはり会話はできても、そこまで賢くはないみたいだな。

「それはですね……オーガさんは変身がとても上手だと聞いたからですよ。地竜に変身するくらいオーガさんなら簡単かと思いまして」

「そうだろう。オデの変身はすごいからな。見たことのあるものならなんにでも変身できるんだぞ」

地竜の姿をしたオーガは得意気にしている。

「なんにでも変身できるんですか？　生き物以外でも？」

「変身できるのは四本足の生き物だけだ」

「おー、それはすごいですね。オーガさんのご自慢の変身を見せてくれませんか」

「オデの自慢の変身か。よし、見せてやろう。そうだな、熊になってやろう」

そう言うと地竜の姿が歪み始め、熊へ変わっていく。

わー、面白い。呪文は聞こえてこなかったけど、魔法なのかな？　魔力の動きは見たけど、仕組みはまったく分からなかったぞ。

そんなことを思っているうちに、目の前に巨大な熊が出現していた。

「すごいですね。どこからどう見ても立派な熊ですね」

「そうだろう。オデは変身が上手いからな」

得意げに熊……じゃなく熊に変身したオーガがしゃべっている。

「そうだ、今度はウサギに変身してください」

こんな感じでどんどん小動物に変身するように誘導していけないかな。そうしたら、簡単に倒せるよね。

「ウサギか、耳の長いやつだな」

熊の姿が歪むと、今度はウサギに変わっていく。

しかし、俺の作戦は失敗してしまった。

出現したのはただのウサギじゃなく、熊よりデカい五メートルくらいのウサギだったんだ。

「完璧なウサギだろう！　どうだ、オデの変身はすごいだろう」

ドヤ顔の巨大なウサギ……に変身したオーガがそう言ってくる。

「そ、そうですね。どこからどう見てもウサギですね」

「オデのすごさが分かっただろう。よし。お前、オデに食われろ」

「ま、待ってください。その前に、小さなネズミに変身できませんか？」

「小さなネズミなんて簡単だぞ。変身して見せてやろう。これが最後だからな」

今度は巨大なウサギがネズミに変わっていく。

……と思ったら、やっぱり現れたのは熊サイズの巨大ネズミだった。

ネズミにさえなってくれたら簡単に倒せたのに〜！

「さあ、三つも願いを聞いてやったんだ。大人しくオデに食われろ」

仕方ないので巨大ネズミの首に向けてウインドスラッシュを撃《う》ち、すぐにウイングスーツで飛び上がる。

巨大なネズミの首はウインドスラッシュの直撃により簡単に切断され、オーガの姿に戻り動かなくなった。いちおう、変身するとオーガの姿の時よりも弱くなるみたいだな。

飛行すると他にも地竜がいるのが見えたが、ここにいる地竜はすべてオーガが変身した姿だろう。

よし、この情報を伝えるためにキャスペル殿下たちのところへ戻ろう。


俺は飛行して役所まで戻り、オーガが地竜に変身していたことを報告した。

「そうなのか⁉　オーガが変身できるという話は本当だったんだな」

キャスペル殿下と、護衛の騎士や魔法師はかなり驚いていた。

「ええ、目の前でオーガが熊やウサギに変身するのを見ました」

「オーガが変身するところをアルに見せたのか！　それはすごい発見だぞ」

キャスペル殿下が興奮している。

「オーガが人前で変身した記録は残っていないのですか？」

「今まで誰も見たことはないはずだぞ！　お前たちは聞いたことがあるか？」

キャスペル殿下が護衛の騎士や魔法師に視線を投げかけた。

「「ありません。初めて聞きました」」

「ほらな！　変身を三回も見たのはすごいことなんだぞ」

キャスペル殿下は羨《うらや》ましそうに言ってきた。

「じゃあ僕はラッキーだったんですね」

「それで、どうやって変身するところを見ることができたのだ」

キャスペル殿下がグイグイ迫ってくる。

この前からキャスペル殿下は、俺が落ち人という存在じゃないかと疑ってるみたいだ。

オーガの変身を見たっていうのも怪しまれてるのかな？　言ってしまったのは失敗したな〜。

「僕が近くにいることに気が付かずに変身の練習をしていたんですよ。いやー、ラッキーでしたね」

「……アルよ、なんだその下手くそな芝居《しばい》は！　親友の私に隠し事をするのか⁉」

キャスペル殿下に怒られてしまった。目がマジすぎて怖いです。

流石にこれは無理があったな。今回は誤魔化すのは無理か。まあ、諦めることも必要だよね。

「内緒にしてくださいね。一度だけ言いますから。えっと……オーガに変身するようにお願いして見せてもらいました」

みんな目をパチクリさせている。

「「「……」」」

そしてお互いに顔を見合わせると、ボソボソと何か言い合ってから俺に視線を移した。

「すまないが、もう一度頼む！　頭が理解できないのか、みな同じように聞き間違えたようだ」

あれ？　どこに聞き間違えるようなところがあった？

「だから、オーガに変身してとお願いして見せてもらいました」

「……お前、オーガと会話できるのか？」

キャスペル殿下が探るように言ってくる。

えっ、つまり普通はできないの⁉

やってしまったな……みんなにはオーガの言葉は分からないのか。

キャスペル殿下が訝しげな目で俺のことを見つめてくる。

「すべて怪しいな、アル。お前、本当に落ち人じゃないだろうな？　いや、ちゃんと赤子で生まれたと聞いているから違うのか……」

キャスペル殿下がぶつぶつ言っている。

と、とりあえず話を逸らすか。

「とにかく、町に迫っている地竜は変身したオーガで間違いないです。パーティーの代表はキャスペル殿下ですから、殿下から仕事斡旋ギルドに報告してください」

「お前、見てもいない私に報告させる気か⁉」

「いいじゃないですか、重要な情報だからお手柄ですよ。ほら、早く報告に行きましょう！」

「仕方のない奴だな……行くぞ」

キャスペル殿下はまだぶつくさ言っていたが、無視して報告に向かった。

「ところでアル、ここの指揮官をどのように思う？」

報告に向かっている最中、キャスペル殿下が俺の顔を見ながら小声で尋ねてくる。

実は町の防御設備が脆弱《ぜいじゃく》すぎるし、なんだか町の兵士たちが自分たちの判断で行動しているように感じていたんだよな。キャスペル殿下も同じ違和感を持ったんだろうか。

「実は、指揮官ではなく兵士の判断で町を守っているんじゃないかという気がしています」

「お前もそう思うか。これではせっかくの戦力が活かしきれていない」

よかった、キャスペル殿下の質問の意図は汲み取れてたみたいだ。

「防衛方法だが、お前ならどのようにする？」

俺だったら、どうするかな……町がオーガ迷宮に近いにもかかわらず、守るための壁がないので、少なくとも柵を作るべきだと思う。完全な壁は難しいかもしれないが、部分的に柵を作れば、防御のための武器配置が簡単になるだろう。

あとは情報収集をして防御施設を設置したり、魔法師を柵の外に配置したりした方が効果的かな。

そんなようなことを、キャスペル殿下にも答えておいた。

キャスペル殿下は小さく頷きながら、黙って俺の話を聞いていたが、俺が話し終わると口を開く。

「なるほどな、父上や騎士団長が言っていた通りだな」

「何を言われていたのでしょうか？」

「アルを指揮官に任命した方がいいということだ」

キャスペル殿下が笑いながら言った。

「面白い冗談を言いますね」

「アル、お前もう少しは自覚した方がいいぞ。自分が稀有《けう》な存在だということをな」

「そうですか？」

そんなこんなで報告を済ませた後、俺たち六人は森へ向かって歩きだした。

俺は一番後ろを歩く。

護衛の騎士は魔蟻製の剣や長弓を持っていて、魔法師は魔蟻製のボーガンを手にしている。

「アルはできるだけ見ていてくれ、危なそうなら頼んだぞ」

キャスペル殿下はやる気が漲《みなぎ》っているようだな。

護衛の騎士や魔法師も相当気合が入っている。

「分かりました。でも怪我をしないよう気を付けてくださいね。地竜の正体はオーガなので、後ろからアキレス腱を狙って足を切って、動けなくしてしまえば勝てます」

俺はキャスペル殿下たちにそう注意する。他にも、魔亀の甲羅を兜にしてる奴は攻撃を弾かれてしまうことも伝えておいた。

身体強化魔法で聴力を高め、近くまで迫っている森の中の地竜に変身しているオーガの位置を特定する。そしてキャスペル殿下たちに位置の情報を伝えながら、待ち伏せに適した場所に案内した。

見えてきた地竜は、幸いにも魔亀の甲羅の兜をかぶっていなかった。

騎士が身体強化魔法を発動させ、ギリギリ音を立てながら長弓を引き絞って構える。

目に狙いを定めると、ビュンと弦《つる》が音を立てて矢が放たれた。

矢は真っ直ぐに顔に向かって飛んでいくが、当たると思った瞬間に地竜が首を反らした。

たったそれだけで矢は弾かれてしまった。

距離が離れているから、地竜に変身された状態だと矢は刺さらないかもしれないな。

相変わらず動きはゆっくりとしているのだが、地竜は俺たちを敵認定した様子でこちらに迫ってくる。

魔法師の二人が詠唱《えいしょう》を合わせ、シュッと音を立ててウインドスラッシュを撃つ。

しかし二人の魔力では威力が足りなかったみたいで、地竜は何事もなかったように近付いてきた。

だけど、矢も魔法もこちらに注意を引きつけるための陽動にすぎない。

キャスペル殿下と騎士が身体強化魔法を発動させ、地竜の後ろに回り込んで足に切りつける。

キャスペル殿下の手に握られているのは、柄に魔石《ませき》のはめられたフラムソードという魔法剣だ。

炎に包まれた刃が、地竜の右足を切り裂いた。

「オデの足が……」

地竜、もといオーガが痛がってそう言うのが聞こえた。

みんなの反応を見る限り、意味を持った言葉に聞こえてるのは俺だけみたいだな。

その後、キャスペル殿下たちが地竜から離れると、魔法師二人が絶妙なタイミングでウインドスラッシュを撃った。

かなり連携が取れているところを見ると、何度も訓練したんだろうな。

地竜がウインドスラッシュに気を取られている間に、キャスペル殿下が回り込むと、フラムソードを構えて詠唱する。

「我が剣となりて敵を焼き尽くせ、フラムソード」

振り下ろされた炎に包まれた刃は見事にアキレス腱を切断し、地竜の足を止めることに成功した。

よし、動けなくしてしまえば討伐は済んだようなものだ。

近距離から長弓を使って矢を射かけると、矢が次々に地竜の顔や首に刺さる。

地竜はふらついている。使い方次第だけど、魔蟻製の長弓なら地竜にも矢が刺さるんだな。

そうこうしているうちに、フラムソードの炎に包まれた刃が、地竜の延髄《えんずい》の辺りに振り下ろされた。

炎の刃が首を切断すると、地竜の姿が歪み、オーガに変わっていく。

キャスペル殿下、すごいな。片足を失ってしまっていたから、まさかオーガを討伐できるなんて思わなかった。

「キャスペル殿下、みなさん、素晴らしい連携でしたね。僕の出番がありませんでしたよ。これでギルド長の出した条件を見事にクリアしましたね。いきなりB級魔物を討伐した上に、全員が無傷なんてすごいです。おめでとうございます」

フラムソードの炎を自在に発動できるようになったからか、キャスペル殿下は得意げな顔をしている。

「アル、ありがとう。嬉しいぞ！　相当訓練したからな。だが何より、危なくなればアルに助けてもらえるという安心感があったから戦えたのだ。おかげでいい経験ができた」

キャスペル殿下がそう言った後、護衛の騎士と魔法師もお礼を言ってきた。

「「「私たちも殿下と共にいい経験ができました。アルフレッド様、ありがとうございます」」」

それからキャスペル殿下は、護衛の騎士と魔法師と一緒に喜び合っていた。かなり興奮しているようだな。

まあ、五人だけでオーガを倒したなんてすごいもんな。

そんな感じで盛り上がっていたんだけど、ふと気付くとキャスペル殿下の義足の足に血が滲《にじ》んでいた。

あれだけ激しく動きまわっていたからな。

俺がキャスペル殿下の足をじっと見ていると、キャスペル殿下は俺の目線に気づいたようで、慌ててフラムソードを右足の前に移動させて怪我を隠す。

だけど、余計に目を引いてるよ。

キャスペル殿下は俺に『無茶するようなら義足を取り上げる』と言われたのを警戒しているのだろうな。

でも怪我もせずにオーガを倒せるくらい使いこなしているんだから、取り上げるのはかわいそうだと思い、大目に見ることに決めた。

あまり無理をされないようにお願いしますね……とキャスペル殿下に向かって心の中で言い、話題を変える。

「ところで、オーガ迷宮の攻略には参加しますか？」

「森の討伐には参加するが、迷宮の攻略はやめておこう。義足のせいで他の者に迷惑をかけてはいけないからな」

キャスペル殿下は血の滲んだ足に視線を落とし、少し悔しそうな表情をしている。

護衛の騎士も魔法師も、キャスペル殿下の言葉にホッとしたような表情になった。

迷宮攻略を殿下が諦めたようだから、足に癒しの魔法を掛けてあげよう。迷宮攻略に参加したらますます足に負担がかかるのに、先に足を治してしまうと、参加するとかいう無茶を言いだしそうな勢いだったからね。

「では迷宮攻略への参加はなしですね。ならギルド長にオーガ討伐の報告を済ませ、ミーノータウロス迷宮へ向かいましょう。それに、その前に足の治療ですね」

「気が付いていたのか？」

キャスペル殿下が小さな声で言った。

いやいや、誰でも気が付くでしょ！

キャスペル殿下の義足とサポーターを外すと血が流れていた。傷もかなり広がってしまっている。

これは痛いだろうな。

そう思ってキャスペル殿下の顔を見ると、目を逸らされてしまった。

やっぱりかなり痛いんだ。やせ我慢しているみたいで、冷や汗が流れている。

俺は体の中で癒しの魔法を循環させる。すると手の平から温かな光が溢れ出し、キャスペル殿下の傷に吸収されていった。傷口が塞《ふさ》がり、その上を薄い皮膚《ひふ》が覆っていく。

まるで映像を早回しで再生しているようで、何度見ても不思議な光景だな。


殿下の治療が終わったところで、俺たちは仕事斡旋ギルドと役所を回った。

仕事斡旋ギルドでは地竜もといオーガを討伐したこと、役所ではオーガの変身能力についての報告を行った。

役所の人たちはオーガが地竜に変身していたのだという事実に驚いていたが、すぐに情報を周知するよう動いていた。きっと王都にも伝書鳩で知らせが出されたんじゃないかな。

報告が終わるとキャスペル殿下のパーティーに、森の地竜（に変身したオーガ）討伐に参加してほしいとギルド長からじきじきの依頼があった。

その時キャスペル殿下はギルド長と、軍の命令系統に問題があることを語り合っていたな。殿下の不満は町の指揮官に向けられていた。ちなみにバリスタを運んできたのは、コーラス・クラフトという騎士みたいだ。やっぱり指揮官はダメだけど、部下に優秀な人材がいたんだな。

で、とにかく俺たちも地竜討伐に参加することが決定した。

先に討伐に参加していたベルン公爵軍の指揮官は、王都からの討伐協力者を拒絶し、自らの部隊のみで森の地竜討伐を行おうとしていた。

これには、王都から数日も掛けて移動して参加してきた者たちの間で不満が渦巻いていた。討伐に参加できないと報酬がもらえない上に、移動のための費用まで無駄になるからな。

自分から討伐依頼を出しておいてひどい話だよ。少しは気を遣えばいいのに。

□□□

こうしていろいろあったものの、翌日の夕刻に地竜はすべて退治された。

これらのオーガが本物の地竜だったら、皮膚が硬いからもっと大きな被害が出ただろうな。

俺たちも討伐に参加してたけど、実際、討伐は難しくて、ロープを使って封じ込めたにもかかわらず、多くの兵士や騎士が怪我を負ってしまった。

神聖教会に癒しの魔法による治療の依頼を出したので、その出費もかなりかかるようだ。ギルド長も、ベルン公爵にやらせるんじゃなく仕事斡旋ギルドに依頼すれば、もっと効率的にことが進んだかもしれないと話していた。

討伐が終わった後は、魔法による治療を待つ怪我人の長い列ができていた。

俺も以前より魔力量が増している感じがしたから、癒しの魔法の練習のために治療に参加した。

だけど癒しの魔法は詠唱をせずに発動しなきゃだから、なかなか負担だったな。

教会の聖女様は、俺の助けがなければそうそうに魔力切れを起こしていたみたい。癒しの魔法を使って魔力をたくさん消費したので、魔力ポーションを飲みすぎてお腹を壊していたという噂も耳にしたな。

治療した人々の間には『俺が剣を欲しがっている』という噂が謎に流れていたようで、報酬として剣を受け取った。受け取りまくった結果、なんと二十五本もの剣が手元に集まってしまったよ。

こうして討伐も一段落つき、町の安全が確保できた。

キャスペル殿下によると、一度王都に帰って休息を取ってからミーノータウロス迷宮に向かうみたいだ。

王都に戻る前に町を探索すると、あみあみ模様のメロンを見かけたので、土産用に二十個も買ってしまった。

俺が大量の剣とメロンを馬車に積み込むと、キャスペル殿下たちに「剣とメロンを売る店でも開くのか」と笑われてしまったよ。

剣は王都についたら仕事斡旋ギルドに届け、参加した人たちの給金の足しにしてもらおうと思う。ギルド長ならうまく分配してくれるんじゃないかな。

メロンは殿下と護衛の人たちに一つずつ配って、残りはサーシャに送ってあげよう。

馬車に乗ってしばらく経つと、キャスペル殿下が疲れて眠ってしまった。馬車での移動中は義足は外していて見えないように布を掛けているが、偶然見えた足の切断面には血が滲んでいた。

まだ皮膚が薄いから、傷口から血が出てしまうんだろうな。

そう思うと、キャスペル殿下は本当に我慢強いな。かなり痛いはずなんだけどな。

俺は寝ているキャスペル殿下の右足に癒しの魔法を行使し、傷口を塞いでおいた。

そのうち、俺も馬車に揺られてうつらうつらとし、いつの間にか深い眠りに落ちていた。

□□□

討伐が終わり、ミーノータウロス迷宮に向かうまで一週間お休みをもらえることになった。この間に迷宮攻略の準備を整えないとな。

俺はまず王都のマシュー商会に向かい、ハイルーン村にメロンを運んでほしいとお願いした。でも傷《いた》んでしまうと言われて断念した。

購入する時に、十日後に食べるということも伝えておくべきだったなあ。

でも結局、俺がカーゴウイングで空輸することで、村にもメロンを届けられると判明した。

メロンを持って久しぶりにハイルーン村の家に帰ると、サーシャとベスが待ち構えている。

「お兄様、サーシャは綿あめが食べたいなの！　だから帰ってくるのを待っていたの」

サーシャはそう言って抱き着いてきた。

サーシャには美味しいものを嗅ぎ分けるセンサーがついているのかもしれない。持ち帰ってきたメロンの存在もすぐにバレてしまい、俺から離れようとしない。

「サーシャ、落ち着いて！　みんなで後で食べようね」

そう説得するとやっと離れてくれた。

ん？　そういやせっかく食べるなら、冷やした方がいいかな。

メロンは少し冷やした方が美味しいよね。そこで温度を下げるため、地下シェルターの倉庫に入れることにした。ここなら外より温度が低いし、水に浸けたタオルをかけて気化熱を利用すると、もっと冷やせるんだ。

夕方になれば今よりも美味しく食べられるんじゃないかな。


「お兄様～、お願いがあるの」

「なんだいサーシャ」

倉庫から移動して屋敷の部屋にいたら、急にサーシャがやって来て話しかけられた。

その話というのが……石鹸、シャンプー、リンス、コンディショナーがもっとほしいって!?

突然言いだすからどうしたんだと驚いたんだけど、黒幕はお母様みたいだ。ガルトレイクのお祖父様やお祖母様に渡したいみたい。

渡すと後が大変になると、お母様自身が言っていたはずなのに……きっと自分のつやつやサラサラになった髪がシャンプーとかのおかげだと自慢したくなったんだろうな。

でもまあ、一週間も時間ができたから、お母様の望むものは作れるだろう。

でもまずはサーシャとベスに綿あめを作ってやらないとね。

そう思って水車小屋に向かおうとしたらいきなり、サーシャが手紙を渡してきた。

「サーシャ、この手紙は誰から渡されたの？」

「ママからなの、アルお兄様に渡してって頼まれたの」

なんで手紙？　不思議に思いながら手紙を開いたら……次のようなことが書いてあった。

綿あめ　十個
石鹸　三十個
シャンプー　二十本
リンス　二十本
コンディショナー　二十本
追伸　大きな鏡も二枚お願いできないかしら。以前ののどかな生活が懐《なつ》かしいわ。
母より、大好きなアルフレッドへ♥

……これは手紙じゃなく、注文書では⁉

そう思って顔を上げると、お母様が部屋のドアの隙間からこちらを覗いているのが見える。

「お母様。様子を窺《うかが》っていないで、入ってきて直接言ってください。それにこれ、手紙じゃなくて僕への注文ですよね？　だいたい、『以前ののどかな生活が懐かしいわ』なんて、僕に対する嫌味ですか？　は～、ため息が漏れてしまいますけど仕方ないですね、鏡は二枚でいいのですか？」

俺が文句を言っていたら、ドアの隙間から覗いていたお母様が照れ臭そうに部屋の中に入ってきた。

「アル、話が早くて助かるわ。うっかりお母様……つまりガルトレイクのお祖母様に自慢してしまったのよ。そしたら、すぐにハイランドのお祖母様からも手紙が届いて、お母様からシャンプーのことが全部伝わっていたわ。それで、作るのをお願いできるかしら⁉」

お母様は開き直ったのか、悪びれた様子もなく言ってくる。自分の欲求にどこまでも忠実みたいだな。

ちなみにハイランドのお祖母様というのは、俺の父方のお祖母様だ。

それにきっとお祖母様たちから催促の手紙でも届いているのだろう。女性はさらなる美の高みを追求しちゃうんだろうな……

俺はまたハ～とため息を吐きつつお母様に伝える。

「分かりましたよ。でも、綿あめは無理ですからね。湿気があるとすぐに溶けちゃいますから」

「そうなの？　残念ね、あんな食べ物、ほかでは食べたことないから絶対に売れるのにね」

お母様の口から絶対に売れるとか聞こえてきたぞ。

村の経理を全部任せっきりにしているせいなのか、やたらと現金な話をしてくる。

頭が痛くなるけど、この話はとりあえず置いとこう。それよりもまずはサーシャに綿あめを作らないとね。

「サーシャ、水車小屋に綿あめを作りに行くよ」

「私とジェイの分もお願いね。鏡は作れたらでいいから」

俺の背後からそう声を掛けてくるお母様。

「もー、綿あめは砂糖なので食べすぎるとおデブになっちゃいますよ。いいのですか？」

首を縦に振るお母様。

だんだんとお母様から無茶ぶりが増えている気がする。きっと村が大きくなって経理の仕事が増え、ストレスが溜まっているのだろう。

グラン帝国との交易が始まったせいで仕事量が増加していて、それをお母様がすべて処理しているから仕方ないか。そういえば『ジェイは数字に関係する仕事は向かない』と愚痴《ぐち》っていたような気もする。

お母様と話しているとサーシャの声がする。

「アルお兄様、早く行くの。お砂糖と棒は準備したの」

サーシャがベスに跨り、綿あめ作りに必要なものを入れた袋を持って待っている。

「ごめんごめん。着替えるからちょっとだけ待ってね」

「サーシャはいい子なので待つのです。ねーベス」

俺はサーシャとベスと共に水車小屋に向かう。

水車小屋に着き、サーシャとベスに綿あめを作ってやった。

それに加えお母様の依頼通りに十個追加で作ったが、お父様と二人で食べるのだろうか？　早く食べないと溶けてなくなってしまうんだけどな。

綿あめができたと屋敷に伝えに行くと、侍女たちが受け取りにやって来た。

そう、うちがマシューさんの手でお屋敷になってから侍女を雇うようになったんだよね。

綿あめのうちの八本は、侍女や使用人たちで分け合って食べるためだったらしい。お礼を言われて初めて知ったよ。全部自分たちで食べるものだと思っていてごめんなさい、お母様。

その後、綿あめを村のマシュー商会にも届けに行った。

でもマシューさんは出かけて留守にしていたので、商会のみなさんで食べてくださいと言って渡したら喜んでくれたな。

屋敷に戻って夕方になると、マシューさんがお礼をするために屋敷を訪ねてきた。

なのでキャスペル殿下たちとオーガを討伐したことを伝えて、冷やしておいたメロンを二個プレゼントしておいた。

マシューさんが帰ると、みんなで夕ご飯を食べる。

食後にメロンを出してあげると、みんなメロンにメロメロになっていた。

サーシャは果物に目がないから予想していた通りなんだけど、お母様とお父様まで同じようにメロンにはまるとは思わなかったな。

一番予想外だったのはなんといってもベスだ。お前、そんなにメロンが好きだったんだな、皮ごと食べても大丈夫なのか？

「お高いメロンなので、ちゃんと味わって食べてくださいね！」

そう言ったんだけど、聞いているのかいないのか……食べすぎでお腹を壊さないか心配だよ。

これはマシューさんにメロンの栽培について相談した方がよさそうだな。ついでにウォーターメロン……つまりスイカも探してもらおうかな。

その後、屋敷の使用人たちにも、一切れずつだが食べてもらうようにメロンを配った。

購入してきたメロンは、どれも美味しかったみたいで大好評だった。

種を取っておいて来年蒔《ま》いてみようかな。育つといいんだけど。

まあ、ダメもとでいいからトライしてみないとね。

□□□

残りの六日間は海藻を集めては燃やし、その灰を集めてを繰り返して、石鹸、シャンプー、リンス、コンディショナー作りに費やした。綿あめなんて毎日作ったからね。

そんなこんなで、あっという間にお休みが終わっちゃった。

でも充実した休みを過ごせたかかな。

そういえば今回の休みは、毎日ゆっくりとお風呂にも入っていた。そしたら、サーシャが乱入してくるようになったんだ。

サーシャがお風呂に来るのはいいんだけど、俺がゆっくりとお風呂に浸かっていられないんだよね。

そのうちベスも乱入してくるんじゃないかって気がするよ。だって、いつもサーシャと一緒にいるからね。

5　ミーノータウロスの異変

ここはミーノータウロス迷宮。

迷宮は道が複雑に入り組んでおり、迷えば地上に戻ることすら困難となる。魔物との戦闘にならなくとも、食料が尽きれば命を落とすことさえある危険な場所だ。

そんな迷宮の中に、また迷宮の魔力によってミーノータウロスが生み出された。迷宮がここに現れて長い年月が経過しているが何匹目のことだろうか？

ダンジョンの最奥部にある魔力を秘めた石、宝玉《ほうぎょく》から生み出されるミーノータウロスの強さや大きさには個体差がある。このため、迷宮で生まれるミーノータウロスは体内に多くの魔力を内包している時もあれば、そうではない場合もある。

ミーノータウロスが糧《かて》としているのは生き物の肉や魔力だ。この迷宮にはよく人間がやって来ていて、それを捕まえて生きる糧としている。

人間の中には魔力を内包した者や魔力の塊《かたまり》を持っている者までいる。ミーノータウロスにとってはこれが特に美味であり、摂取すると魔力が増えるのだ。

ミーノータウロスはいつも腹を空かせていて、生き物の気配を感じとるとその口腔内にはジワリと唾液が溢《こぼ》れ、自然と体が反応して獲物を追うスピードが上がるのだった。

ある日のこと、ミーノータウロスが餌の匂いを嗅ぎつけた。

匂いの源《みなもと》は、五人の人間だった。

人間たちもミーノータウロスを探していて、お互いの距離が縮まり始めた。

身長二・五メートルのミーノータウロスが両手で握っているのは、柄の長い両刃の斧だ。その大きくて分厚い刃は鈍く光を放っている。

今ミーノータウロスがいる通路は縦横三メートルほどしかなく、武器を振りまわすには向かない場所だ。

じりじりとお互いの距離が近付いていく。

ミーノータウロスは生まれたばかりだが、以前生み出されたミーノータウロスの記憶が共有されているため、過去に何度も人間を捕まえて糧とした記憶が蘇《よみがえ》っていた。

ミーノータウロスは空腹で意識が混濁《こんだく》している。すぐそこに美味そうな人間がいるということだけしか考えられない。

ミーノータウロスは迷宮の魔力があれば生きていける。しかし空腹感を満たすことはできない。あまりに腹が減りすぎたため外に向かおうとしていたところに、このミーノータウロスは人間の匂いを嗅いだのだった。

五人の人間のうちわけは、大剣を構えた男、盾を構えた男、大きな戦斧《せんぷ》を構えた男、魔法の杖《つえ》を構えた男と女だ。

ミーノータウロスは彼らを見て考える。

大剣の男は筋肉質で美味しそうではない。

が、盾を持った男は丸々と太っている。杖を持った女も柔らかそうできっと美味しいだろう。

杖を持った男は痩せていて食べられるところは少ないが、感じる魔力の質が美味そうに思えた。

なぜあんなひ弱そうな人間からこんなに大きな魔力を感じるのだろうか？　人間の肉は美味いのだが、それ以上にこの魔力の塊は魅力的で食欲をそそる。

ミーノータウロスはそう考え、今すぐにでもかぶりつきたい衝動に駆られる。唾液がこぼれてしまいそうだ。

その時だった。人間のうち、盾を構えた男がミーノータウロスに気付く。

「やっと見つけたぞ、ミーノータウロス！　こんなに奥にいやがった」

パーティーのリーダーの大剣を持った男が、他の仲間を振り返って興奮気味に言う。

「こいつを倒せば俺たちは大金持ちだ、それにこれだけ深い場所での討伐なら、お宝がドロップしてもおかしくない。牛野郎が持っている斧を売ってもそれなりの稼ぎになりそうだぞ。あれは魔鉄でできているに違いない。おい、単独のミーノータウロスに出会えるなんて俺たちはついているぞ。お前ら気を引き締めろ、やるぞ！」

人間たちが騒いでいる間に、ミーノータウロスは斧を振りかぶった。

盾を構えた男が「ウオー」と声を張り上げながら前に出て、ミーノータウロスの振る巨大な斧を盾で受け止める。

ガンという金属のぶつかる大きな音が何度も迷宮内に響き渡る。

通路が狭いため、ミーノータウロスの振るう巨大な斧の威力は半減していた。そのおかげで盾の男はミーノータウロスの攻撃をなんとか防いでいる。

盾の男が攻撃を防いでいる間に、身長二メートルに届くかというほどの戦斧使いの男が、ミーノータウロスのがら空きになった胴体に向けて戦斧を振るった。

ミーノータウロスは辛《かろ》うじて巨大な斧の長い柄で防ぐ。

すると今度は大剣を構えた男がミーノータウロスの腕に切りかかった。よく連携の取れた攻撃だ。

さらに大剣の男が離れると同時に、女魔法師が詠唱したウインドスラッシュが放たれる。しかし、一人の魔法師のウインドスラッシュではたいした威力はない。

「あんた、ぼさっとしてないでちゃんと詠唱を合わせて目を狙いなさいよ！　これだから臨時の魔法師と組むのは嫌なのよ！」

女魔法師が痩せた魔法師に向けて文句を言う。

それに大声で応じたのは大剣で戦うリーダーの男だ。

「そう言うな、仕方ないだろ。前回の魔蟻の討伐でヘマしちまって欠員が出まくったんだから。だがミーノータウロスを討伐してお宝をゲットすれば、それも一気に挽回《ばんかい》できる」

戦斧を振りまわしていた男も痩せた魔法師の男に向かって言う。

「あんたも頑張って働いてくれないと、分け前が減っちまうぜ。働きに応じて分配させてもらうからな」

続いて盾の男が声を張り上げる。

「おい、俺もミーノータウロスの斧を盾で受け流すのは大変なんだからちゃんと頼むぜ、分け前の方をよ」

「ああ、分かってるって」

大剣のリーダーがそう返した。

しゃべりながらも連携の取れた四人の攻撃で、ミーノータウロスに傷が増えていく。

しかし、痩せた魔法師はなかなか動こうとしない。

「おっさん、いい加減にしろよ。なんでこの仕事受けたんだよ。ちゃんと働けよな」

そう言われた痩せた魔法師の男が不気味《ぶきみ》な笑みを浮かべ、両手を突き出して詠唱を始めた。

「風よ、魔力よ、我が手に集まり風刃となり彼の者たちを切り裂け！　邪神様、我に力をお与えください」

男の詠唱に驚き、四人が痩せた魔法師の方を振り返る。

魔法師の詠唱と共にウインドスラッシュが四人に飛んでくる。味方を後ろから攻撃したのだ。

男の発射したウインドスラッシュは魔力が上乗せされているのか、一人の魔法師が発動したものとしてはかなり威力があった。

一番近くにいた女魔法師は直撃を受け、なすすべなく風の刃に切られた。

大剣の男は大剣でウインドスラッシュを切り裂こうと試みる。

斧の男は斧の刃で防ごうとした。

盾の男は辛うじて盾で受けた。

盾の男以外は、程度の差はあるものの全員ウインドスラッシュで切り裂かれた。しかし、なんとか最小限の怪我で回避している。

ところがその時、ミーノータウロスの斧が盾の男の後ろから振り下ろされ、盾の男はあっけなく絶命した。

盾役の男が死んでしまったことで防御は機能しなくなった。他の者たちも怪我を負っているので、動きが悪い。

大剣の男も斧の男も、長くは抵抗できずにミーノータウロスの斧の餌食となった。

最後に残った痩せた魔法師の男もミーノータウロスが大きな斧で切り倒される。魔法師の顔は痛みで歪んでいるようにも、喜んでいるようにも見えた。

ミーノータウロスは、魔力の塊を持つ痩せた魔法師を最初に胃袋に納める。

するとミーノータウロスの体に変化が起き始め、迷宮の中でゴロンと寝転がってしまった。突然の睡魔《すいま》に襲われ、立っていることが辛くなったからだ。

こうしてミーノータウロスが冒険者たちを全滅させて五日が経った。

ミーノータウロスは五人全員を平らげていた。痩せた男の持っていた魔力の塊は美味かったと思い出しながら深い眠りに落ちていく。

その時、眠りに落ちたミーノータウロスの体の中では大きな変化が起こっていた。

魔力が体の中を駆け巡り、体がだんだんと大きくなっていく。角も太く大きく変化し、皮膚の強度も上がっていく。

ミーノータウロスはそのまま何日も眠り続けていた。体の変化に対応するために長い眠りが必要だったのだ。

数日後、目を覚ましたミーノータウロスは立ち上がる。そして迷宮の天井が当たるため、前屈《まえかが》みにならなければならないほど大きくなっていることに気が付いた。

体長は三・五メートルになり、体重も一トンを超えていた。

ミーノータウロスは広い場所に移動すると、大きな斧を振ってみた。

少し取りまわしが重かった斧は、ビュンと音を立てて振りまわすことができるようになっていた。

五人の人間を食べたからか空腹は感じない。満腹感以外に、体の中に大きな魔力が二つあるように感じていた。

もちろん一つは自分の魔力、もう一つは痩せた男の持っていた魔力の塊だ。

ミーノータウロスは自分で自分の体を見まわす。体は黒く光る鉄のように見え、丈夫な体に変わっている。

ミーノータウロスは、意味もなく雄叫《おたけ》びを上げたくなった。

「ブモーーーーーー」

ミーノータウロスの雄叫びは、迷宮の外にまで響き渡った。その範囲はミーノータウロス迷宮の入口から五百メートルにも及んでいる。

辺りの動物は恐怖し、金縛《かなしば》りにあったように動けなくなる。

飛んでいた鳥たちには災難でしかなく、墜落《ついらく》するものまで出ていた。

金縛りから解放された動物たちは一目散《いちもくさん》に逃げていき、それまで森に聞こえていた鳥の声や動物たちの鳴き声は聞こえなくなり、辺りは静まり返った。

ミーノータウロス迷宮の外には、見張りの兵士たちが立っている。

彼らの仕事は、迷宮に潜る者の受付と、周辺の見張りという楽なものだ。楽な仕事であるため、常駐している兵士の数は二人しかいない。

この二人も雄叫びを聞き、途端に体を動かすことができなくなった。

なんとか動けるようになった後も、真っ青な顔をしていてブルブルと震えるしかない。

痩せた気の弱そうな兵士が震えながら言う。

「今の叫び声はいったいなんだ⁉　あんな声は初めてだ、体が動かなくなったぞ」

隣にいたがっしりした体格の兵士も、怯《おび》えながら返した。

「聞いたことがない叫び声だったが、迷宮からのようだな。きっとミーノータウロスの声だろう。ヤバいんじゃないか？　迷宮から出ようとしているのかもしれないぞ」

「そんな縁起《えんぎ》でもないこというなよ。本当に出てきたらどうすんだよ。さっきの叫び声にちびりそうだったんだ」

「バ、バリスタをセットするぞ」

「本気か？　バリスタのセットは大変なんだぞ」

バリスタなんて大掛かりな兵器は、兵士になりたての頃の訓練と、点検以外では触ったことすらないので、がっしりした兵士は驚く。

だが痩せた兵士は完全にビビっていた。

「ああ、嫌な予感がするんだ」

「いや待て、静かになったから大丈夫だろ。だいたいミーノータウロスが出てきたのっていつの話だよ。俺の親父《おやじ》だって知らないくらい前だろ？」

それを聞き、痩せた兵士は少し落ち着きを取り戻してきた。

「そ、そうか……そうだよな。以前ミーノータウロスが外に出てきた時には村とか町とかがいくつかなくなったらしいが、俺の知る限りこの近くの村も町も長い間そのままあるからな。つまりそう滅多には出てこないってことだよな？　はー、ちょっと安心してきたぞ。出てくるわけないよな？」

そんなことを話していると、ふと気付いた様子でがっしりした方が尋ねる。

「ところで少し前に潜っていった五人組が帰ってこないな……大丈夫だよな？」

「いつものことだが、一攫千金《いっかくせんきん》狙いで深部に潜ったんだろ？　きっと戻っては来ないさ」

「「……」」

二人はパーティーの末路を想像し、顔を見合わせて黙ってしまう。

「あー、やだやだ。早く交代の兵士が来ねーかな。ここは暇すぎて時間が経つのが遅いんだよな。おい、今夜の見張りはお前なんだから、今のうちに寝とけよ」

「ついてないな。あんな気味の悪い鳴き声を聞いた日に見張り番だなんて！　なー、今日の見張り番代わってくれよ。俺が明日と明後日の二日やるからさ！　なー、頼むよ」

痩せた気の弱そうな兵士は縋《すが》るように言った。

「無理だな。明後日に交代が来るんだからメリットがない」

「じゃあ、今日と明日を代わってくれよ」

「お前って本当にビビりだな！　嫌だよ。だいたい、夜勤が怖い見張り番なんて聞いたことがないぞ」

「ここにいるだろ」

痩せた気の弱そうな兵士は自分を指差しながら、無理に笑ってみせる。二人は会話したおかげで、笑顔を取り戻しつつあった。

しかし会話が途切れた時、二人は周りの音がまったくしないことに気が付いた。鳥の鳴き声も動物の気配すらもしない。

二人の兵士は顔を見合わせると、打ち合わせしていたのかと思えるほどのタイミングで同時に口を開いた。

「「バリスタをセットするぞ」」

二人はミーノータウロス迷宮の出入口に設置されている頑丈な柵の向こうを見つめると、バリスタのセットに向かうのだった。

6 邪神教の暗躍

二十日ほど前のある日。

黒づくめの行商の男は飯屋の壁に貼られた『生まれる、至急帰れ』と書かれた紙を見つけ、急いでメロンの町の宿屋に向かった。

行商の男は、邪神教の一員だ。いつものように合言葉を言うと、宿屋の地下の部屋に向かう。

地下の部屋には黒服を着た、邪神教の司祭が待っていた。

「この前渡した疑似宝玉は役立ちましたか？」

「はい、オーガ迷宮に使用しました。騎士団と仕事斡旋ギルドの対応が思いのほか早く、大した成果に繋がりませんでしたが」

行商の男は申し訳なさそうに言った後、弁解するように続ける。

「ですがオーガ一匹に使用したことで他のオーガまで地竜オーガに変身させられたのは大きな成果です」

実はオーガたちの襲撃は、邪神教の使った、魔物の魔力を増す『擬似宝玉』というアイテムの影響だったのだ。

「そうか、だから被害が予想よりも少ないのか……まあ、次に期待ということですね」

司祭は残念そうに言うと祭壇に歩いていき、置かれていた木箱の中から慎重に二つの疑似宝玉を取り出す。

そのうちの一つには『爆弾』の印の書かれた紙が貼りつけてある。

司祭は使用方法を説明し、二つの疑似宝玉を箱ごと行商の男に手渡しながら言う。

「三つ用意することはできませんでした。それで、どこからですか？」

「ミーノータウロス迷宮です」

「分かりました。邪神様のご加護がありますように」

「邪神様のために我が身も心も捧げます」

男たちはいつものように手で逆さに十字を切り、邪神の像に祈りを捧げた。

それから行商の男は、二つの疑似宝玉の入った木箱を大事そうにカバンの中に収めて、宿屋の部屋へと向かう。宿屋に来てそのまま帰るのはおかしいため、いつも泊まっていくのだ。


翌日の朝早くに行商の男は旅立っていった。

「お気を付けて、またお越しください」

見送りに出た女の顔には、なんとも不気味な笑顔が張りついていた。


行商の男は三日後に王都にたどり着くと雑貨屋に入る。

店内は何人もの客がおり活気がある。品揃えも豊富で繁盛している様子だ。

行商の男は客の後ろを通り店の奥へと足を進める。ドアを二度ほど抜けると、辺りに人がいないことを確認して階段を下りた。

地下室は青白いろうそくの炎が照らしていて、椅子に痩せた魔法師の男が座っている。

「受け取ってきたぞ」

「やっとワシの番か」

痩せた魔法師の男が低い声で言った。

行商の男はカバンの中から木箱に入った疑似宝玉を一つ取り出す。ミーノータウロスに疑似宝玉を食べさせるように説明すると木箱と一緒に手渡した。

ミーノータウロス迷宮に潜り、疑似宝玉を食べさせるというこの命令は、死ねと言っているようなものだ。

だが、痩せた魔法師の男は文句も言わず、宝物を手に入れたかのごとく擬似宝玉を大切そうに袋にしまい込んだ。

数日後、王都の仕事斡旋ギルドに痩せた魔法師の男が現れた。室内に視線を走らせると依頼の貼られた壁に一直線に向かう。

そしてミーノータウロス迷宮討伐の臨時魔法師募集の貼り紙を引き剥《は》がし、受付に突き出すと淡々と手続きを済ませた。

受付嬢のエイミーは、痩せた魔法師の男の嬉しそうな笑顔を見て、なぜか背筋がゾクッとした。

「この人も自分の命をベットして一攫千金を狙っているのでしょうね……依頼を出しているパーティーは実績あるから大丈夫よね。無事に帰れるといいけど」

独り言のようにエイミーは呟いたのだった。

この邪神教の魔法師によって、迷宮のミーノータウロスが巨大化していることを、アルフレッドたちは知るよしもなかった。

7　ミーノータウロス迷宮攻略

オーガを討伐してから十数日が経過している。

俺――アルフレッドは、ついに念願のミーノータウロス迷宮にやって来た。

迷宮のすぐ近くに着くと、周囲を取り囲むように堅牢な壁が作られていた。さらにその壁の上にはバリスタが五台も設置されている。

壁の厚さは、メダリオン城と比較してもひけを取らない。というかミーノータウロス迷宮の壁の方が厚みも高さもあるんじゃないかな？

この堅牢な壁が作られたのには理由があり、過去に迷宮からミーノータウロスが溢れ、周辺の町や村が壊滅的な被害に遭《あ》ったからなんだそうだ。キャスペル殿下からそう教えてもらった。

ミーノータウロスは二足歩行するムキムキな牛の魔物で、魔物の中でも特に力が強くて危険な存在らしい。

でも牛の魔物だと聞いて、俺はちょっと安心した。前世の神話みたいに頭が牛で体は人だったら、いくら美味しいと聞いてても、肉なんて食べる気にならないもんな。

ちなみにすぐに引き返せる迷宮の浅い場所でミーノータウロスに遭遇できる確率はかなり低いみ

たい。

だからミーノータウロスの肉は貴重で、国王陛下ですら一度しか食べたことはないんだって。ミーノータウロスのお肉が高い理由も分かるよね。

そんな危険なミーノータウロスが生息する迷宮には、いろいろな記録が残っている。宝玉、宝物、それにキャスペル殿下が切望している神薬エリクサーが見つかったこともあるらしい。だけどその代償は大きく、百人を超える騎士や魔法師の命が失われたそうだ。

今も一攫千金を夢見てたくさんの人が潜るんだけど、生存者はほとんどいないらしい。最近でも五人パーティーが潜ったけど、戻ってこなかったと聞いている。

その上ミーノータウロス迷宮は迷路のように入り組んだ複雑な迷宮で、入った者を惑《まど》わせるんだってさ。

そんな危険な迷宮を目指すので、装備はしっかり整えた。

魔蟻の装備、迷宮で迷わないための対策のアイテムとして道しるべの棒、糸玉、方位磁針など。それから、ミーノータウロスの対処方法についても聞いておいた。

俺が話を聞きに行ったのは、王都の第三騎士団長のマキシム・フォン・ガルトレイクさん。お母様の伯父《おじ》さんだ。

ガルトレイクさんによると、離れて魔法や長弓を使い戦うのがいいらしい。でも火魔法を使うと罠《わな》が発動して意識を失うから、使わないようにと注意された。魔物の前で意識を失えば即死だからね。

で、説明が長くなったけどいよいよ迷宮に突入だ。

キャスペル殿下の隊列は、先頭の騎士二人、続いて魔法師二人、そしてキャスペル殿下、俺の順に並ぶ。今回、キャスペル殿下の討伐に可能な限り介入しないようにと指示を受けている。が、俺は危険が迫る時は迷わず行動するつもりだ。オーガ討伐とは比較にならないほど危険だからね。

迷宮の入口の前には頑丈な柵が設置されていて、俺たち六人が迷宮に入ると門が閉められた。

「規則で門を閉めることになっています。戻られたら門を開けるので声を掛けてください。ご武運を祈っています」

兵士二人が緊張した様子でキャスペル殿下に言った。

「ありがとう。だがミーノータウロスが狩れたらそれ以上深く潜るつもりはない。浅いところで見つかればいいんだが」

「運がよくないと遭遇しないですからね。手ぶらで帰ってくる者がいるんですよ……あっ！　すみません。これからミーノータウロスを狩ろうというキャスペル殿下にそんな話をするなんて、お許しください」

がっしりした体格の兵士が縮《ちぢ》こまって申し訳なさそうにしている。

「構わないよ」

だけどキャスペル殿下は気にしている様子はない。

「そう言っていただけてよかったです……はっ、そういえば数日前に、不気味な鳴き声を聞いたんですよ。だから、ミーノータウロスはきっといます！」

言い訳するように兵士が言った。

「そうか、いい話が聞けた、では行こうか」

「キャスペル殿下、ちょっと待ってください。糸を柵に結びますから」

俺はそう言って殿下を制止する。

「アルは相変わらず用意がいいな！　だが、流石にまだ早いだろ？」

「そうですか？　中に糸を結べる場所があればいいんですが……」


そんなことを話しつつ、俺たち六人は迷宮に足を踏み入れた。

ミーノータウロス迷宮の中は壁全体が淡い光を放っているため、松明《たいまつ》などがなくても周囲の様子がよく見える。

「なあアル、一つ聞いていいか？」

キャスペル殿下が真顔で尋ねてきた。

「なんでしょうか？　答えられることならいいのですが」

「お前の背負っているその袋だが、何が入っているのだ？　大きくて重そうだな」

「スナイパーライフル二号です。岩風竜を倒した武器なんですよ」

「岩風竜を？　それが量産できれば怖いものなどないではないか!?　どんな武器なのだ？」

キャスペル殿下が目を輝かせている。どうやら詳しい説明が聞きたいみたいだな……

俺は量産できても魔法で空気を圧縮できないと撃てないことを簡単に説明した。

「空気？　圧縮？」

そうか、そこから説明が必要か。

「そうですね。目には見えないのですが、ここに空気というものがありましてですね、これをギューッと小さくなるようにすることを空気の圧縮といいます。それを解放すると弾が飛ぶのですよ」

「なるほどな……よく分かった」

いきなりそう答えてくるキャスペル殿下。

これで説明を理解するなんてすごい！　キャスペル殿下、賢いな～。

「分かってもらえて嬉しいです」

おや、キャスペル殿下が苦笑いしている。

「いや、見えないものは理解などできない。分からないことがよく分かったと言ったのだ。お前たち、アルフレッドの言っていることが魔法でできそうか？」

「無理です、さっぱり分かりません」

一人の魔法師が言うと、もう一人の魔法師も「うんうん」と頷いている。

うーん、透明なビニール袋があれば説明できるんだけど、ないからな。

「……説明が難しいので先に進みましょう」

そんな雑談をしながらどんどんと進む。

分かれ道に来たら、必ず右の壁に沿って進むようにした。時間が掛かるけど、これならどんな迷路もゴールにたどり着くと言われているんだよね。

歩いていると糸もなくなってきたので、木の棒を目印に置いていく。

「これは迷うわけだ。でも罠がないからまだ楽だな」

「そうですね、今のところ罠はないですね。それにしても殿下、もうかなり歩きましたよ。足は大丈夫でしょうか？」

キャスペル殿下が立ち止まり、右足を少し持ち上げて曲げる。

「ああ、大丈夫だ。気を遣わせてすまないな」

「少し休んだ方がよくないですか？」

「問題ない。もう少し進んでからにしよう」

「分かりました」

そのうち、だんだん疲れてみんなの口数が減ってきた。

景色がまったく変わらない上に妙にむし暑いから、疲れもするよね。

というわけで、休憩して食事を取ることにする。

持参した食料は、硬いパンや干し肉だ。水は欠かせないため各自が水筒を持っている。俺がいれば水や温かいお湯も作ることができるけど、迷宮の中で離れ離れになってしまう可能性もゼロではないからだ。

そういえば、今回初めてポタージュスープを水魔法で脱水して粉にしたものを持参したんだよな。せっかくだし飲んでみるか。

みんなのコップを受け取るとポタージュスープの粉を入れ、お湯を注いでかき混ぜてから渡した。

これがなんなのか説明を求められたので、牛乳が入っていないポタージュスープだと説明する。

「なんと！　ぜひ作り方を教えてください」

そう言われたので、俺はリクエストに応えて説明する。

コーン、ポテト、玉ねぎを鍋に入れ、塩コショウでトロトロになるまで煮込む。それを冷まして水魔法を使い、脱水するんだ。

「それに熱いお湯を注いだらこうなるんですよ。そのまま飲んでもいいし、パンや干し肉を浸《ひた》して食べてもいいです」

「火の使えないミーノータウロス迷宮の中で温かいものが食べられるなんて……」

おお、みんな喜んでいる。

じゃあ、早速食べるか。ということで、いただきます。

スープがあると、硬いパンをスープに浸して、ふやかして食べられるのがいいよね。干し肉は塩が利いていてちょっとしょっぱいけど、疲れが取れる気がする。

「熱い！　冷まさないと熱くて飲めん。恥ずかしい話だが舌を火傷《やけど》したようだ……私は熱いものが苦手なのだ。まさかここで、こんなに熱いものが出てくるとはな」

キャスペル殿下は猫舌だったみたい。悪いことをしたな。

「すみません。熱いお湯を入れないと具材を戻せないので」

「いつものことだが、よくこういったものを考えつくな。というか、ここでお湯が作れることに驚かされる」

「本当ですよ、私たちの魔法では無理ですからね」

魔法師も頷いている。

騎士はフーフーしながらスープを飲んでいる。

え、そんなに熱かったかな。

風の魔法で冷ましてあげようかとも考えたが、早く食べろと催促されてるように感じたら申し訳ないのでやめておいた。

しばらくして、十分に休憩も取ったので先へ進む。

右の壁づたいに進むが、分かれ道だらけなせいで、道しるべ用の木の棒がなくなってしまった。

その時——

「ブモーーーーー」

突然、大きな鳴き声が聞こえた。

同時に三半規管が麻痺《まひ》し、倒れて動けなくなってしまう。

その後なんとか起き上がったけど、そうするまでに三十秒以上掛かった。

そして起き上がると同時に、パカッと床が開いて落下する。

誰だ、罠がないとか言ってたの⁉

落ちる前に風魔法を発動して衝撃を緩和でき、魔蟻製の防具もつけていたので、骨折はせずに済んだ。

それでも俺以外の人たちは打ち身などでひどい有り様になっているな……なので、みんなに癒しの魔法を行使してまわる。

「すまないアル、お前がいてくれて助かった」

「アルフレッド様がいなければ、みんな動けなくなっています」

みんなからそうお礼を言われたが、本当は怪我をさせないようにと国王様やギルド長に頼まれてたのにな～……油断してしまった。

落ちてきた穴を見上げるが、塞がっていて上がることはできそうにない。

それにしても、あの鳴き声の衝撃はすごいな。防ぎようがない。

近くであれをやられたら、麻痺してる最中に攻撃され、簡単に死んでしまうだろう。

それに穴に落ちたせいで、迷宮に迷わないよう行った対策はすべて無駄になってしまった。居場所も出口の方向も、完全に分からない。

風魔法でホバリングして天井を観察したが、脱出の手がかりになりそうな穴や繋ぎ目は確認できなかった。

ダメもとで土魔法を使ってみたけど発動しない。やはり迷宮の中では地形を変える土魔法は使えないみたいだ。

スナイパーライフル二号で壁を撃ってみようかとも考えたが、跳弾が怖いのでやめた。

これは……ミーノータウロスを狩る状況ではないな。急いで帰り道を探して脱出しないと。

水の心配はないが、食料は三日分しか持ち込んでいない。結構まずい状況じゃない!?

「キャスペル殿下、撤退しましょう」

「そうだな。ひどい状況になってしまった。まさか落とし穴があるとはな」

「落とし穴もですけど、近くに大きな魔力を感じるんです……ここの迷宮、ひょっとして歩いていたら気が付かないくらいの螺旋《らせん》状の傾斜でできているんじゃないですかね。その最下層まで一気に落ちてしまったんじゃないでしょうか。つまり、意図せずショートカットする形で迷宮の最奥にたどり着いたというか」

「そんなことが起きるものなのか!?　……まあいい、とにかく帰り道を探さなければ」

俺たちは迷宮内の薄明かりで隣の人が見えるくらいの距離を保ちつつ、出口を探す。五分ほどで、三つの通路を発見することができた。

水を張ったコップを通路の地面に置き、傾斜を確認して、地上に通じているであろう通路を選ぶ。

通路を進んでいくと、迷宮内に漂っている魔力が濃くなっているのが、魔力鑑定眼によって見えた。

とはいえ、まだ魔物の気配はしていないし、先ほどの鳴き声の主も見当たらない。

なんて思っていたら……突然、魔力鑑定眼に大きな魔力の塊が映った。

だけど、どうやら魔物じゃないらしい。先ほど感知した、大きな魔力の源みたいだ。場所は、壁の向こう側。

「殿下、ちょっと……」

そう声を掛けてキャスペル殿下たちに説明する。

「もしかして、宝玉があるかもです」

俺は魔力鑑定眼を頼りに、その場所を目指していく。

すると思った通り、何度目かの分かれ道を曲がった先に宝玉があった。

迷宮の主ミーノータウロスに会わないまま宝玉にたどり着くなんて。こんなことあるの？

疑問に思いつつも宝玉を台座から外し、袋に納める。

その後、殿下が探していたエリクサーも近くにないか調べたけど、見つけることはできなかった。

キャスペル殿下の落胆した姿が痛々しい。

もしかして、エリクサーは迷宮の主であるミーノータウロスを倒さないとドロップしないのだろうか？

そんなことを考えていたら、宝玉を取り外したからか、ほんの少し迷宮の魔力が弱まっているのが感じられた。

そんな状況の中で魔力鑑定眼を発動させるけど、特に魔力の塊は見つけられない。

ミーノータウロスはどこに行ったんだ？

あ、もしかして穴に落ちたせいでミーノータウロスと出会わなかったのか？　俺たちが最下層の穴に落ちているうちに、ミーノータウロスが迷宮の上層の通路を移動してすれ違ったのかも。

うーん、でもあんまり嬉しくない。俺の考えが当たっていたとしたら、迷宮から出る際に鉢合わせすることになりそうだ。

そういえば、外にはバリスタが準備されていた。ってことは討伐している可能性もあるな。

まずい。討伐しちゃったら、ミーノータウロスの素材は討伐した人のものになっちゃう。

急いで迷宮を出ないと、ミーノータウロスの肉が手に入らないぞ！

そう思って焦《あせ》って移動しているうちに、迷宮の入り口付近に大きな魔力の塊を二つ感知した。

この魔力を頼りに迷宮を進み、途中から目印の木や糸を見つけられて、なんとか戻ることができた。

入口に近付くと、数百メートル先に大きな魔力の塊を二つ感じる。

さらに近付いていくと、そこには大きなミーノータウロスが一匹立っていた。両手には大きな斧を持っている。

騎士二人が魔蟻の盾を構えて先頭を進む。その後ろに魔法師二人、キャスペル殿下、俺の順で近付いていく。

殿下は義足で長距離移動するのがかなり厳しかった様子だ。痛いとは絶対言わないようにしてるみたいだが、顔をしかめて痛みを我慢しているのが表情で丸分かりだった。

殿下にこんなに頑張ってもらったんだから、ミーノータウロスは絶対俺たちの手で討伐したい。

俺はそう思ってみんなに声を掛け、いったん止まってもらう。そして背中の袋からスナイパーライフル二号を取り出して組み立てた。

ミーノータウロスは硬いと聞いたので、岩風竜討伐の時にも使用した特殊弾の改良版を持ってきた。この特殊弾はぶつかると爆発して、硬い魔蟻の脚を撃ち出すんだ。

あの硬い岩風竜の時も有効だった弾をさらに改良したもので、試射した時は屋敷の練習場の壁と塀まで貫通させた威力があった。ミーノータウロスにも効くはずだ。

……というか、これで倒せなければ攻撃手段がないかもしれない。

緊張しながら特殊弾をスナイパーライフル二号に装填《そうてん》し、内部の空気を圧縮して発射準備を整える。

魔力鑑定眼で、ミーノータウロスが近付いてきているのが分かった。

見通しの利く場所に寝そべり、スナイパーライフル二号の狙いを定める。通路幅が狭いから、外すことはないはずだ。

ミーノータウロスには遠距離攻撃が有効なんだよな。あのブモーという鳴き声の攻撃を受ける前に狙撃しよう、と思っていたら――

うわー！　なんでバリスタの鉄の矢が飛んでくるんだよ!?

ガチャン！

さらにもう一本、飛んできた。

飛んできた鉄の矢は騎士の構えた盾に当たって弾かれ、バウンドしながら通路の奥へ滑っていった。

バリスタの矢は、入り口の設備から奪われてミーノータウロスの武器にされたみたいだな。

しかし、なんてバカ力だ。盾を構えてた騎士が二人とも吹き飛ばされちゃった。

これは早く退治しないと危険だな。

「ライフルを撃つので、射線からどいてください！」

騎士たちが俺の声で左右に避け、射線が開けた。

気付くと顔の前に巨大な斧を構え、天井に到達するほど巨大なミーノータウロスが迫ってきて

いる。

狙いを定めて……発射！

空気銃とは思えないボシュンという大きな音がする。

飛んでいった特殊弾はミーノータウロスの腹に着弾した。

よし、これで貫通……って嘘だろ!?　ミーノータウロスの腹を貫通していない。というか、穴すら開いていないように見える……ってことは、全然効いてないってこと？

そんな不安は的中してしまい、ミーノータウロスは後ろに倒れただけですぐ起き上がってきた。

すぐに次弾を装填し、空気を圧縮して撃ち続ける。

ボシュン。

装填、圧縮、ボシュン。装填、圧縮、ボシュン。

こうして繰り返し撃ち続ける。

ミーノータウロスは斧で顔をかばっていて、何発かは弾かれてしまい、金属のぶつかる甲高い音が迷宮内に響き渡る。

だがそのうち、頑丈なミーノータウロスの動きがおかしくなってきた。

弾がめり込むことはなくても、ダメージは蓄積されてるみたいだな。しかし、なんという皮膚の硬さなんだ。

用意した特殊弾はもう撃ちつくしてしまったし……どうやって倒せばいいんだよ！

そう思ってたら、ミーノータウロスが倒れて動かなくなる。

な、なんとか体力を削《けず》れたみたいだ。

しかしいつ目を覚ましてもおかしくない。今を逃すと倒せる気がしないぞ。

俺はウインドスラッシュを弱っているミーノータウロスの腹に向けて発動する。しかし特殊弾が効かないミーノータウロスには、かすり傷程度しか負わせることができない。

ど、どうしよう。別の魔法？　かといって攻撃力のある火魔法は、酸欠になるから使えない。

……ん、酸欠？

俺はあることを思いつき、水魔法を発動させ、急いで意識を失っているミーノータウロスの顔を水の球《たま》で覆う。

魔物とはいえ、呼吸はするだろう。ミーノータウロスに肺があると仮定し、水を口と鼻からどんどん送り込む。

頼む〜と思いながら様子を見ていると、ミーノータウロスがもがき始め、徐々に動かなくなっていく。

そのうちに完全に動かなくなり、その場がシーンとする。

た、倒せたかな？

ビクビクしつつも、動かなくなったミーノータウロスの足をロープで縛る。それから身体強化魔法を発動させた俺、騎士二人と魔法師二人の五人で引きずって入口まで歩く。

しかし、なんて重いんだ。ロープが手に食い込む。


数分後。

ミーノータウロスが動きださないかビクビクだったけど、なんとか迷宮の外まで引きずり出した。

外に出てみると、迷宮の入口の柵がバラバラに壊れていた。ミーノータウロスがやったのだろう。

ってことは一度外に出て、バリスタの矢を投げてきたんだな。

……兵士さんたちは大丈夫かな？　堅牢な壁は壊れていないから上にいれば大丈夫だよね。

だが呼んでみても返事がないし、姿を現さない。

梯子《はしご》がないので風魔法でホバリングして壁の上方に飛んで見下ろす。

すると見張りの二人の兵士は、バリスタの矢が刺さって亡くなっていた。

ミーノータウロスにバリスタで矢を撃ち、逆に矢を投げ返されたみたいだ。合掌。

緊急連絡用の鳩の姿が見えないので、伝書鳩を使い、王城にこのことを報告する手紙を出した様子だ。無事に王城に届いているとすればお城は騒動になっていてもおかしくない。

ので、早く帰らないと。

でもその前に、ミーノータウロスの体内からエリクサーがドロップするかは確認しておきたい。

俺はウォーターカッターの魔法で、ミーノータウロスから魔石を取り出す。普通は魔物一体につき魔石一つなのに、大きな魔石が二つも出てきた。

そういえば最近、迷宮に入って帰ってこないパーティーがいたと聞いていたけど、彼らが魔道具を使っていて、そのコアになっている魔石を食べたのかもしれない。

魔石が二個あったのはいいけど、キャスペル殿下は元気がない。神薬エリクサーを目的に討伐にきたんだから当然だろうな。

とはいえ、宝玉と大きな魔石二つ、さらにミーノータウロスの斧をゲットした。

ミーノータウロスの巨大な斧は良質な鉄でできているので、材料にすればいい剣が作れそうだ。

戦果もあったし、早く王城に帰ってキャスペル殿下の無事を報告して、国王様を安心させてあげよう。

しかし、無事に生きて帰れてよかった〜。

あの落とし穴、本当にヤバかったな。過去の資料を信じてはいけないことがよく分かった。

8　王家の一員？

その後、馬車でメダリオン城に向かう。

ゆっくり馬車に揺られながら帰っているが、馬が挙動不審で思うように走ってくれない。すれ違う中にも暴れる馬がいた。

どうやら原因は、宝玉と魔石の影響で、この辺りの魔力の密度が濃くなっていることのようだ。

宝玉と魔石だけを先に王城に運んでしまえば解決できるかな？

そう思って俺はウイングスーツに着替え、空輸することを決める。


ウイングスーツで飛ぶと、すぐに王城に到着した。

宝玉を王城に運び、俺用の着替えがしまってある倉庫に仮に収めてきた。

国王様の姿が見えなかったからそのまま引き返すと、馬たちは予想していた通り、いつもの大人しい状態に戻った。

その後、ミーノータウロスが重すぎたので、途中の町で木材を運ぶ丈夫な馬車に変更することになった。

ミーノータウロスはできるだけ目立たないように上から布をかけているが、すれ違う馬が挙動不審になり、突然暴れるなどの異常行動を見せるものもいる。

え。宝玉と魔石はなくしたのに、結局意味がないな。

魔物の運搬などに慣れていない馬には、ミーノータウロスへの耐性がないのが原因のようだ。

ただ騎士や魔法師は、普通のミーノータウロスならここまで馬が反応しないと言っていた。どうやら普通の魔物より、強力な魔力が漏れているみたいだな。

そんなこんなで、いろいろ苦労しながら王都まで帰ってきて、王城に着く。

「父上、ただいま帰りました」

キャスペル殿下がそう言うと、国王様も応じる。

「キャスペルよ、無事で何よりだ。他の者たちも大儀であった。伝書鳩で連絡はもらってはいたが、かなり大きなミーノータウロスなのであろう？」

「そうですね。聞いていた大きさとはまったく違いました。見張りの兵士に、二名被害が出ました」

「残念であったが、討伐できて本当によかった。しかし、相当に丈夫な体であったようだな」

「はい。アルがいなければ全員生きてはいないと思います。また助けられてしまいました」

「そうか。アルフレッドよ、このたびも活躍したようで何よりだ。みんなを守ってくれてありがとう。礼を言う」

恐縮してしまい、慌てて俺も国王様に頭を下げる。

というか、今まで国王様と言ってきたけど、普通は国王陛下って言うんじゃないか？　今更そんなことに気付き、国王様から『国王陛下』に改めることにして返事する。

「とんでもないです。警護するはずだったのに、みなさんに怪我を負わせてしまいました。国王陛下のお願いを完全には果たすことができませんでした」

「いや。あの怪我は誰も防ぎようがなかった。みんなもそう思うであろう」

「「「はい。キャスペル殿下のおっしゃる通りです」」」

魔法師と騎士たちが一斉にキャスペル殿下に返事をした。

その反応を見て陛下が言う。

「このようにみんなも申しておる。アルフレッドはよくやってくれた。ミーノータウロスを持ち帰り、宝玉も見つけたそうだな」

「はい、運よく両方とも手に入れることができました。参加された全員で分けましょう」

俺の言葉に、キャスペル殿下が異を唱える。

「アルよ、それはできん。私たちはミーノータウロスに対して何もできなかった。宝玉もお前が見つけたしな。こんな状態でどうして分け前がもらえようか。むしろ、私の我儘《わがまま》に付き合わせてみんなを命の危険に晒してしまったようなものだ」

「キャスペルがこのように申しておるぞ。アルフレッドよ、今回はそういうことでミーノータウロスはお前のものだ。ところで、ミーノータウロスの肉は食べさせてくれるんだろうな？」

いきなり興味津々に陛下がそう尋ねてきた。

「もちろんですよ。オーク肉とミーノータウロスの肉の合挽《あいび》きハンバーグがやっと作れます」

「何をバカなことを言っているのだ。ミーノータウロスの肉は、そのまま塩コショウで焼いて食べるものと決まっておる。お前はこの肉の希少性がまったく分かっておらん。調味料セットも使用を禁止する」

「え。でもこのミーノータウロスは普通のものより大きいので、お肉を多く取れますよ。少しくらいハンバーグにしてもよさそうですけど。それにお肉が硬いかもしれませんよ。岩風竜の何倍も皮膚が硬かったですから」

「お前、ミーノータウロスの肉といえば超高級肉だぞ。それに今回のミーノータウロスは魔力が多いからより美味いだろう。食べてみれば分かると思うぞ。倒した時は硬かったかもしれんが、魔石を取り出して時間が経てば肉が柔らかくなるのだ。とにかく、五日も経過していれば肉は柔らかくなっておるはずだから大丈夫だ」

陛下がそう言った後、キャスペル殿下が家臣を呼ぶ。

「誰か、ミーノータウロスを解体してもらえるように仕事斡旋ギルドに依頼を出してくれ。それと、貴族連中にもミーノータウロスの肉が手に入ったと通知を出しておけ」

「は、ただちに」

家臣はそう答えると、駆け足で部屋から出ていった。

「今回の迷宮攻略に参加した者たちには、食べる権利を与える。明日には解体されるだろうから、食べに来るがいい。本日は解散とする」

陛下がそう宣言すると、攻略に参加した騎士や魔法師は嬉しそうに帰っていった。

その後、陛下が俺に話しかける。

「アルフレッドよ。ミーノータウロスの肉だが、どれくらい必要なのだ？　今回のものは特に貴重なもののようなので、できるだけワシに譲ってくれぬだろうか。魔力が含まれている肉を食べると若返り、長生きすると言われておる。貴族の爺婆ども先を争って欲しがるだろう」

国王陛下の顔が、悪いことを考えているように見えて仕方がない。心の中で『大儲《おおもう》けだな』と言っていそうな顔だ。

それとも、ミーノータウロス肉はお金を出しても手に入らないらしいから、このお肉を使って交渉とかするのかもな。

しかし、魔力がこもっているほど肉は美味しくなるし価値も高くなるのか。オークのお肉はこんなことはなかったのにな。

……あ、そうか。あちらは多くのオークたちで迷宮の魔力を吸収していたけれど、ミーノータウロスは一匹だけだったので、迷宮の魔力を独占したんだな。だから魔力が多く体内に留まっているんだ。

そんなことを考えつつ、陛下の問いかけに答える。

「どれくらい必要かというと、そうですね……部位にもよりますが、十キロもあれば十分です。いや、ミーノータウロス肉を食べると長生きするとのことなので、お祖父様お祖母様にも食べさせてあげたいです。なので、二十キロでお願いします」

「何、それだけでいいのか。そうかそうか。好きな部位を持っていくがいい。それにアルフレッドよ、今日はここに泊まっていけ。アルテミシアもお前に会いたがっているからな」

ちなみにアルテミシア様というのはこの国のお姫様で、俺の婚約者でもある。

「分かりました。ただ、その前にマシュー商会に寄りたいのですがいいですか？」

「構わんぞ。早く帰ってこいよ」

うわー、さらに陛下が嬉しそうにしている。マシュー商会関係のことで何か考えてそうで怖い。


それはおいといて、俺は王都のマシュー商会に向かった。

理由はあるものを探すため。何を探すかというと、それは『わさび』だ。

先日俺が発明した調味料セットは国王陛下から使用禁止だと言われてしまったので、代わりにわさびを使いたいんだよね。

高い柔らかいお肉なら、塩コショウだけで美味しいという話は聞いたことがある。だが牛肉となると、さらに美味しい食べ方があると思うんだ。

ちなみに、前世で市販されていたチューブわさびの原料は基本的に西洋わさびであることが多い。

この世界には普通に西洋わさびがあったので、マシュー商会で無事ゲットできた。


その後、また王城に戻ると、食事会が始まる。会場には、一緒に迷宮攻略をしたキャスペル殿下、騎士と魔法師たち、国王陛下、王妃様、アルテミシア王女様などがいる。

しかし、久しぶりの王城での食事だな。

何度見ても、映画で見るような豪華なテーブルに料理が並べられている。

俺が知っている料理だと……カスレ、ラタトゥイユ、ガレット、オムレツがある。あ、ローストビーフもあった。

もしかして、ローストビーフには西洋わさびが使われているのかな？　後で確認してみよう。

それにしても、銀食器がこれだけの数並べられているのはすごい光景だ。いったいおいくらなんでしょう？

前世が裕福でなかったため、つい気になってしまった。それに、何度使っても慣れない。

などと、とりとめなくいろいろ考えていたら、陛下が食事会に来ている人たちに挨拶を始める。

「揃ったようだな。まずはアルフレッドよ、キャスペルの父親として礼を申す。キャスペルを無事に連れ帰ってくれてありがとう」

「本当にありがとう。私も心配していたのです。それに、キャスペルに義足を作ってくれてありがとう。本当に感謝していますよ」

王妃様もお礼を言ってきた。

「どういたしまして。僕にできることはやりたいと思っています」

「挨拶はこれくらいにして、料理が冷める前に食べることにしよう」

陛下がそう言い、和やかに食事が進んでいく。

料理は以前より味がしっかりして、美味しくなっていた。調味料セットのおかげみたいだな。

食べていたら、陛下が話しかけてくる。

「アルフレッドよ。ミーノータウロス迷宮の宝玉はワシに買い取らせてくれ。それに魔石も買いたい」

「宝玉はお譲りしますが、魔石は使いたいと思っています。すみません」

「分かった。それで十分だ、無理を申したな。ところでキャスペルが言っておったのだが、禁書庫の蔵書が読みたいらしいな」

「はい。読めるのですか？」

「読めんこともないが、あれは王族の関係者のみが閲覧することができると定められているのだ。アルフレッドが成人すれば、アルテミシアと婚姻することになるであろうから、王族関係者にはなる。だが成人は七年も先だ。ちと長いと思わぬか？」

「七年は長いですね。ですが何かそれより早く読む方法があるんですか？　なんだか国王陛下のお顔がすごく嬉しそうに見えるので……」

「そうであろう。これをお前にやろう」

国王陛下が一振りの短剣を俺に渡してきた。

受け取ると、その短剣は王家の紋章《もんしょう》が入っており、キャスペル殿下が持っているのと同じものだった。

この紋章の入った短剣は、王家の者だけが所持できると聞いていたんだけど、なんでくれるの？

俺がキョトンとしていると……

「お前にもう一つやるものがある。これだ。開けてみるがいい」

陛下はそう言って、巻物を渡してくる。

開いて中を見たら、書かれている内容にびっくりして、固まってしまった。

「なんですか、これ？」

巻物には、アルフレッド・ハイルーンに、『メダリオン』というファミリーネームを許可すると書いてあったんだ。

「実は先日、キャスペルから『早くアルと家族になりたい』と言われたのだ。だがアルテミシアとの結婚はだいぶ先なので、こういった手段を取ったのだ。喜べ、今日よりお前はワシの子でもある。流石に王家の養子は珍しいが、貴族間での養子は珍しくないからな。普段は今まで通りにアルフレッド・ハイルーンと名乗ればいい。そして何かで必要になれば、その短剣を見せてアルフレッド・レム・メダリオンと名乗ればいい。我ながらいい思いつきだ。ガハハハハハ」

よく分からないが、俺は唐突に王家の養子にされたらしい。なんか陛下が勝手に盛り上がっている。

「……あの、国王陛下。これは世間に公表されるんですか？」

「いや。今のところは近しい者にだけ伝えようと思っておる。変な誤解を招いてもいけないからな。それと、王位はキャスペルに継がせることは決めておる」

そりゃそうでしょ……

呆れていたら、キャスペル殿下が側にやって来て陛下に話しかける。

「父上、ありがとうございます。アルテミシアとの婚姻を間違いないものにしてくださいとお願いしたつもりでしたが、こんなに早く家族にしていただけるとは思っていませんでした。よかったな、我が弟アルよ。今からは非公式の場では、キャスペル殿下ではなくキャス兄上と呼ぶように」

殿下もなんか勝手に盛り上がっている。

「は、はあ……よかったです？　しかし、キャス兄上ですか」

「ちょっと、キャスペル兄上と呼んでみてくれ」

殿下……本当に嬉しそうですね。

「キャ、キャスペル兄上？」

「おー、いいではないか。妹のアルテミシアだけでなく、弟に言われるのもいいものだな」

「は、はあ……」

反応に困っていると、陛下が話しかけてくる。

「のう、アルフレッドよ」

「国王陛下、なんでございましょうか」

「アルフレッド。お前どんどんと大人びていくな。最初に『王様』と呼んでいた時の方がかわいくてワシは好きだったぞ。次に呼び方が『国王様』になり、今ではついに『国王陛下』だからな。周りの者たちと同じになってしまった。つまらん。お前、ちょっとワシのことを父上と呼んでみてくれ」

「え」

「『え』ではない。父上だ」

「……国王陛下、父上は流石に呼びづらいのですが」

「そうか？　まあ、いきなりは難しいか。では近しい者だけの場では父上と呼ぶように」

「は、はあ……」

そんなことを話していたら、アルテミシア様まで会話に入ってくる。

「お父様、アルフレッド様は養子になられたのですか？　では私の未来の夫であるだけでなく、私の弟でもあるということになってしまいますね。嬉しいようなそうでないような、複雑な気持ちです」

「アルテミシアよ、確かにアルフレッドは養子になったが、婚約についても近々きちんと発表するから安心するのだ」

え。婚約者になったこと、公表するの？　聞いてないんだが。

陛下、なんなんですか。すごく楽しそうですね。いや、絶対俺で遊んでいるでしょ。

そんなこんなで、俺はアルテミシア様の婚約者になった上に、メダリオン家の隠れ養子（？）になってしまった。

これはマイバイブルのラノベでも読んだことなかった展開だな。

9　ミーノータウロスのお肉

翌日。

朝早くから部屋のドアがコンコンとノックされた。

ドアを開けるとお城の使用人が立っている。なんでも、ミーノータウロスの解体に手間取っていて手伝ってほしいらしい。

「実は、皮膚に刃物が通らないのです。胴体については、アルフレッド様が魔石を出す時に切った箇所から刃物を入れることができたのですが、その後は解体が進まなくなりまして。状況を上に報告したところ、切られたご本人であるアルフレッド様にお聞きするようにとのことでした」

「なるほど。ミーノータウロスの体は、柔軟な上に強度があるんですよね。僕も、最初どうしようかと思いました」

使用人はお昼前に解体を終わらせるよう頼まれているとのことなので、俺が魔法で手伝うことにした。

使用人に連れられて、城の厨房のすぐ近くの庭に着く。

そこではミーノータウロスの体が、解体途中になっていた。

解体作業をしていた人から、切る場所について指示があり、言われた場所を切ってあげる。

感謝されたけど、ぜひにもその魔法を教えてほしいと言いだして離してくれない。なので「誰にも内緒ですよ」と言い、水魔法と土魔法と風魔法を一度に使っていることを説明する。

「そんな高度な魔法は私には無理だ……」

解体作業をしていた人は、驚くと同時にすんなりと諦めてくれた。

今回のミーノータウロス、今まで使っていた水魔法と土魔法によるウォーターカッターでは切ることができなかったから、風の刃も圧縮して混ぜ込んでみたんだ。だから普通の人にはできるわけないよな。

解体作業については、皮さえ剥ぎ取ってしまえば、後の肉の解体については順調そうな様子だった。

俺用の二十キロの肉については、「こんなお肉が欲しいです」とリクエストを伝える。

「柔らかくて適度な脂が入っているところ、柔らかくて赤身のところをお願いします」

そうお願いしたら、快く受け入れてもらえた。

お肉をもらったら、お祖父様、お祖母様たちに届けたい。残りは家に運んで食べる予定だ。

あとマシューさんにも長生きしてほしいので、少しお裾《すそ》分《わ》けしようと思っている。

その後、肉の解体が終わり、実食することになった。

実食の会場が設けられ、壇上に国王陛下が登場する。

「みなの者、よく参った。早速だがミーノータウロス肉を食べようではないか。美味い肉があるのに長い話はいらないだろう。しかし、これだけは伝えておく。このミーノータウロスは、キャスペルを代表とした六人だけで討伐したものだ。中でもアルフレッド・ハイルーン伯爵の働きは目覚ましいものがあった。なんと、このミーノータウロスは、迷宮の外で討伐したのだ。ということはつまり、もう少しで迷宮から溢れ出るところだったということだ。彼らがいなければ、過去に起きたスタンピード同様に町がなくなっていたかもしれん。それらのことを念頭に、味わって食べるようにな。今回のミーノータウロスは体長が三・五メートル、重量が一トンを越える大きなものであった。魔力も多く含まれておる。食せば、きっと若返り、あれやこれやの活力も漲ることだろう。なお、調味料は塩コショウのみだ。昔からミーノータウロス肉は塩とコショウで焼くと決まっておる。それだけで美味しいからな。では始めようか」

陛下が長い話をして、開会を宣言した。

会場内は国王陛下の言葉を受け、歓声が沸き起こっている。

しかし、貴族ってこんなにたくさんいるんだな。お城で会うことがなかったので知らなかった。

ちなみにここに集まっているのは、王都の貴族のみだそうだ。招待は昨日だったからな。遠方の貴族は間に合わないよね。

ところでこのミーノータウロスのお肉実食会は、多くの貴族が参加できるよう、本日から七日間開かれるらしい。七日間も開催するとなると、一大イベントだな。

そのうちに食事会が始まり、使用人が何かを配っている。

まずは、食前酒のワインかな？　俺は子供だが、飲んでいいのだろうか。

……と思っていたら、やっぱりダメみたいで、俺とアルテミシア様に配られたのはぶどうジュースだった。

そのうち、肉を焼いた時のいい匂いが立ち込めてきた。

直後、いきなりメインのミーノータウロスのお肉が登場する。普通はメインディッシュはもっと後に運ばれてくるけど、今回は特別だそうだ。

見た感じ一人当たり二百グラムくらいの量で、それなりに大きさがある。

などと思っているうちに、どんどんとお肉が運ばれてくる。

お肉は、想像と違っていて塊肉ではなく、すでに小さくカットしてある。

お肉、硬かったのだろうか？　塊だと食べられないから、配慮して切ってくれたとか。

そう考えていると、国王陛下が来場者に声を掛ける。

「待つ必要はない。届いた者から食べればいい。美味いうちに食べるのがいいからな」

来場者はみんな周りの様子を窺っていたが、国王陛下の言葉を聞いてナイフとフォークに手を伸ばし、お肉を口に運ぶ。

そして、口をモグモグモグモグモグモグ。

え。そんなに噛み切りにくいのか？　やっぱりお肉が硬いのか？

誰も何も言わない。ひたすらモグモグモグモグモグと噛んでいる。

表情は満足しているように見えるんだけどな。だんだんと不安になってくる。俺は硬いお肉は苦手なんだ。もしゴムみたいなら無理矢理飲み込むしかないな。

そう考えていると、俺の前にもお肉が運ばれてくる。

匂いは美味しそうだ。見た目も、柔らかくて美味しそうにしか見えない。

俺の隣にはキャスペル殿下がいるから、俺たちのところに運ばれたお肉が、特にいいお肉である可能性もあるけど……

俺がためらっていると、キャスペル殿下がお肉を口に運ぶ。

そして、口をモグモグモグモグモグ。

やっぱり、お肉が硬いのか？

他の四人の魔法師、騎士たちも、口をモグモグモグモグモグモグ。

やっぱりお肉が硬いんだろうな。

そんなに硬いお肉には見えないんだが……そう思いながら、俺もお肉をフォークで刺す。

って……あれ？　フォークがスッと刺さった。

どうか柔らかくて美味しいお肉であるようにと祈りつつ、口に運ぶ。

え、柔らかい。

みんなの様子から絶対に硬いと想像していたが、予想に反して柔らかくてジューシーだ。焼き加減も素晴らしい。外はカリッと焼かれて、肉汁《にくじゅう》をしっかり中に閉じ込めてある。味付けは塩とコショウのみで、この肉本来の味を引き出している。

陛下が塩とコショウで焼くのにこだわっていた理由がよく分かったよ。この世界に来て食べたお肉の中で、一番美味しいかも。

これは、マシューさんが一度は食べてみたいと言っていたのも頷ける。やはり、美味しいお肉はシンプルな料理が一番なのだろう。

いやー、しかし美味しい。保存が可能なら、もう少し多くお肉をもらっとくべきだったかなと少し後悔してしまう。

パク！　あー、ほっぺたが落ちちゃいそう。

だが一つだけ残念なことがある。もう少し温かい方が美味しいはずだ。

でも厨房から距離があるので、運ばれてくる間にどうしても冷めてしまうのだろう。

そこで、俺はプチドッキリを仕掛けることを思いついた。ドッキリの内容は、キャスペル殿下のお肉と俺のお肉を少し魔法で温めること。

キャスペル殿下がお肉の皿から手を離している隙を狙う。この静けさの中なので、魔法が無詠唱

で使えてしまう俺だからこそ可能な方法だ。

殿下のお肉の後は、俺のお肉も温める。

さあ、プチドッキリに対するキャスペル殿下の反応はどうかな？

そう考えていると、俺の隣の席にいるキャスペル殿下が、お肉を口に運んで驚いていた。

お、プチドッキリは成功か？

キャスペル殿下は、目で俺に何か言いたそうにしているが、話しかけてこない。

あれ、これはもしかして、お肉を食べ終わるまで、声を出してはいけないのか？　恵方巻みたいだな。

俺も、無言で温めたお肉を口に運ぶ。やっぱり温かい方がお肉は美味しいね。

味わっていると、周囲から話し声が聞こえ始めた。あちらこちらで、お肉の感想を言っているのが聞こえてくる。

みなさん美味しかったみたいだ、口に合ったようでよかった。

しかしそれなら、なんでみんな、あんなに口をモグモグさせるんだ？　別に俺のお肉だけが柔らかいわけではなさそうなんだが。

そんなことを考えていたら、キャスペル殿下が言ってくる。

「アルよ。お前、私の肉に何かしただろう。突然、肉が温かくなったぞ」

「すみません。お肉が温かい方が美味しいと感じたので、キャスペル殿下と僕のお肉を温めたんです」

「お前だけだと思うぞ。あの静けさの中でそんなことができる者は」

「ところで、キャスペル殿下。なんでみなさん、あんなに口をモグモグとされているんですか？　僕はお肉が硬いせいかと思ったのですが、柔らかいですよね？」

「お前……いや、知らないなら仕方ないか。ミーノータウロスの肉は、この一人前で銀貨三十枚なのだ。それによく噛んで食べると、魔力も栄養も体に吸収されやすいからな」

え、銀貨三十枚⁉

たぶん一人前二百グラムくらいなので、百グラムあたり銀貨十五枚……つまり、十五万円じゃなく、十五万クロン⁉

なんてお高いお肉なんだ。無言でモグモグと味わってしまうのも納得だな。

「なるほど。みなさん味わうために、あんなにもモグモグと食べていたんですね」

「ところで、そこに持っているものが気になるのだが、なんなのだ？」

キャスペル殿下が、西洋わさびを指差して聞いてきた。

「これですか？　西洋わさびです。国王陛下に調味料セットを禁止されたので、ツンとする薬味を準備してきたんですが、みなさんすでにお肉を十分堪能されていて、出せる雰囲気じゃないので使うのは諦めます」

「それは、どのように使うのだ？」

「お肉に少量載せて、一緒に食べます。でも、この薬味はとても辛《から》いんですよね。僕はこの食べ方が一番好きですが、他の方が同じように美味しいと思うかは保証できませんね。料理人さんにお聞きしたところ、昨日のローストビーフのソースにも使われていたそうですよ」

「そうなのか、なるほどな。その食べ方は、またお前が自分で考えたのか？」

なんか、キャスペル殿下の様子がだんだん怪しくなってきた。

また落ち人だと疑われているのだろうか。話題を変えなければ。

「いえ、誰かがやられていたのを真似しただけですよ。あっ、そういえば、殿下の黒い馬車、改良しておきましたよ」

「何？　いつの間にそんなことを」

実は殿下の黒い目立つ馬車、魔蟻で作った素材でサスペンションとかつけて乗りやすくしといたんだよね。

しかし、この話題にしたのは逆効果だったみたい。キャスペル殿下はさらに訝しげに俺を見る。

「お前、ますます怪しいな」

「そうですか？　えへへ」

笑顔で頭をポリポリする。かわいく誤魔化せただろうか。

やばい。話題を変えたつもりが、さらに怪しまれてしまった。

えーっと、なんか別の話題にしないと。

「と、ところで僕が作った魔蟻の鎧はどうでしたか？」

「あれか、あれは素晴らしい防御力だった。しかし、炎を纏う剣である私のフラムソードとは相性が悪いのではないだろうか。魔蟻の素材は火に弱いと聞いている。やはり、火に耐性がある魔狼《まろう》の皮鎧を手に入れたいな」

「そうですね。魔蟻は火に弱いですからね。魔狼の皮が手に入るといいですね」

オウム返しする俺。

しかし、なんとかこれで乗りきれたか？

「待て、アル。お前、あの鎧は魔蟻迷宮で見つけたと言っていなかったか？　お前が作ったのか？」

「……そうでしたね。そんな設定でした」

俺の魔法じゃないと魔蟻の素材を加工するのは不可能なんだよね。でもそれがバレるとやばいから、作ったんじゃなく迷宮で見つけたと説明してたのに完全に忘れていた。

「お前、設定とはなんだ。設定と言っている時点で怪しすぎるぞ」

詰め寄ってくる殿下。

俺はますます怪しい奴になってしまった。だが、キャスペル殿下は楽しそうにしている。

完全に落ち人認定された気がしてならないんだが。困ったな。

「……それはそうと、キャスペル殿下。禁書庫はいつから閲覧できるんですか？」

「いつでも閲覧できると思うぞ」

「後で行ってみてもよいですか？」

「いや、すまない。さっきいつでもできると言ったが、この七日間は無理だな。必ず二名以上で入室することになっているから、王家の者が手隙《てす》きにならないと無理だ。この食事会が終われば、一緒に行ってやるから心配するな」

「ありがとうございます。ですが、お忙しいでしょう。いいんですか？」

「ああ。かわいい弟のためだからな、忙しくてもついていくぞ」

「ありがとうございます。その時はよろしくお願いします」

あ、キャスペル殿下……こんなに貴族がいる中で、俺のことを『かわいい弟』とか言っちゃったよ。

まだ、婚約とか発表されていなかったと思うのだが、大丈夫か？

周りをキョロキョロ見たけど、誰も気付いてないみたいでよかった。

その後は、パンやスープ、サラダ、ベーコンなど、簡単な食事が提供されてお開きとなった。

俺は長居するとボロが出そうなので、お祖父様、お祖母様へのお肉の配達があるからと言い残し、急いでお城からウイングスーツで飛び立った。

しかし、去り際に国王陛下から「すぐに帰ってくるように」と言われた。

理由を聞くと、七日間、毎日ミーノータウロスのお肉の試食会に招待するそうだ。

え。肉は美味しいけど、正直面倒だな……

10　港町ポートへ

昨日、ガルトレイクのお祖父様、ハイランドのお祖父様のところにミーノータウロスのお肉を五キロずつ届けたら喜んでもらえた。

流石はガルトレイクお祖父様とハイランドお祖父様で、ミーノータウロスのお肉を一度だけ食べたことがあるらしい。でも滅多に食べられないみたいなので、今回みたいにたまたまミーノータウロスが討伐された時に、王城で食べたのかな？

ちなみに俺がお肉を届けたので、メダリオン城の食事会には行かないと言っていた。

招待されて行かないと失礼じゃないかと思うんだけど、そういう感じでいいんだね。


その後、マシューさんにもミーノータウロスのお肉を二キロ渡したらすごい喜びようで、頭の血管が切れてしまうのではないかと心配するほどだった。

食べてさらに元気になって働くのだとマシューさんは言っていたが、もう少し休んだ方がいいと思う。見ていると過労死しないか心配になるからな。

でもマシューさんの生き甲斐は働くことだそうで、お金儲けというわけではないらしい。

まあ、見てると確かにそうなんだろうなあとは思う。

お金を儲けては、そのお金を俺の領地であるハイルーン村の開拓につぎ込んでいるんだよな。

最近、土地の開拓までマシューさんのお金で賄《まかな》っているので、絶対に儲からないと思う。

あ……そういえばお祖父様たちに、サーシャの伝言を言うのを忘れていた。

『また、お祖父様たちに会いたい。元気でいてほしい』と伝えてって言っていたんだよな、サーシャ。

また、伝えに行かないとな。

でもそれを伝えるためだけに行くのは照れ臭いから、何か理由を作りたい。

そうだ。明日、朝一番でこの国の港町に行ってみようかな。

新鮮な海の幸を買って、お祖父様たちにお届けしよう。

お祖父様たちの領土は海まで遠くて、新鮮な魚は手に入らないだろうからな。きっと喜んでもらえるはずだ。

それに、肉の次は魚だよな。バランスのいい食事をとらないと健康で長生きできないから。

マグロとかも獲《と》れるかな。タイとかスズキとかヒラメとかはいそうだけど。

魚市場とかあるかな。市場はともかく、魚屋は絶対にあるだろうから、お店の人に聞けば美味しい魚を教えてもらえそうだ。

新鮮で美味しい魚介を購入できるといいな。

前に海に行った時、水がすごく綺麗だったので、間違いなく美味しい魚が獲れていると思うんだ。

明日が楽しみだな。

□　□　□

翌日、朝早くにメダリオン王国のポートという港町にやって来た。

空から見ると、大きな船も停泊しているのが分かる。

いや、というか停泊している船の数が多すぎないか？

いつもこんなに多く停泊しているなら、港の大きさが合ってない気がする。今すぐにでも拡張が必要なんじゃないか？

船乗りらしき人たちも大勢いるが、なんだか様子がおかしい。怒鳴り声がしている。

なんか起きてるっぽいけど、俺は魚をお祖父様たちに届けて食事会にも出ないとだからな。

時間があまりないので、首は突っ込まないでおこう。

そう思って魚屋を探したけど、なぜか一軒も営業していない。

やっぱり、様子がおかしい。

事情を聞こうと、この町の仕事斡旋ギルドに向かう。

中に入ると、朝からお酒を飲んでいる人が多い。

これは、入ると絡まれるフラグな気がする。

「坊主、なんの用だ。ここはお子ちゃまの来るところじゃあないんだぞ」

すぐにフラグが回収された。

俺に絡んできたのは、めちゃくちゃ酔っぱらっているおじさんだ。

こういう時、どうするのが正解なんだろう。無視？　返事をする？　どっちを選んでもアウトな気しかしない。

「なんだ。聞こえないのか？　なんの用だ坊主」

酔っ払いが、しつこく話しかけてくる。

俺は諦めて返事をし、ついでに質問する。

「あの、何か事件でも起きたんですか？　港が騒がしいようですが」

「お前、どこの坊主だ。この辺で見かけないな」

酔っ払いが質問に答えてくれない。でも情報源はここしかないから、会話を続けるしかないか。

「えー、僕は辺境のハイルーン村から来ました。辺境の村なものですから、この港のことは何も知らないんですよね。教えてくれませんか？」

「ハイルーン村？　知らないぞ、そんな村」

相変わらず質問に答えてくれないな～と思ってたら、酔っ払いの横に座っている男性が話に入ってきた。

「ギルド長、ハイルーン村は数年前までロプト村って名前だったところですよ。何年か前に、ハイルーン男爵がグラン帝国を撃退したとかで名前が変わったんです」

「おめーよく知ってんな」

「そりゃあ、これでもギルドの職員ですから」

「お前、それは『ギルド長はギルドの職員なのに何も知りませんね』とでも言いたいのか？　俺に喧嘩を売ってんのか」

「まさか、そんなわけないじゃないですか。ギルド長、飲みすぎですよ。正常な判断ができていませんよ」

「そうか？　俺は飲みすぎているのか？　それで、坊主の用件はなんだっけ？」

よ、ようやく質問に答えてもらえそうだ。

……って、え⁉　この酔っ払いがギルド長？　で、この一緒に飲んでる人もギルドの職員？

このギルド大丈夫なんだろうか。飲んだくれギルドとか不安しかない。

「おい、坊主になんか飲み物を出してやってくれ」

急に会話する気になったらしいギルド長さんが、他の職員に声を掛けた。

ギルド長さん、酔っ払いだけど実はいい人みたいでよかった。

飲み物をもらって、ギルド長さんにお礼を言う。

「ありがとうございます。ちょうど、喉《のど》が渇いていたところです」

「今、仕事が止まってしまってな。暇なんだよ。なんか、面白い話とかしろーー。聞いてやるかーーら」

いい人みたいだけど、絡んでくるスタンスは仕事斡旋ギルドのガルトさんと同じだった。酒乱怖い。

隣に座っている職員が止めに入る。

「ギルド長、やめましょうよ。坊主が困ってますよ」

「なんだとーー。俺に説教しようってーーか」

ギルド長さんはろれつが怪しい。

早く聞きたいことを聞いて帰った方がよさそうだ。

「あの、ギルド長さん。なんで暇なんですか？　港は騒がしいし、魚屋さんが営業してませんでしたけど、何か関係が？」

「あーそりゃあ、沖に出ると船が沈むからだーーな」

「え、船が沈むんですか？」

「ああ、全部じゃないが、かなり沈められた。だからみんな怖がって船を出したがらない。おかげで商売あがったりだ。見ろよ、その壁の依頼の数。依頼はあるけど誰も受けようとしない。そりゃあそうだろ、命と船と財産が一瞬でなくなるんだからな。誰が仕事を受けるってーーんだよ」

また横に座っていた職員がギルド長さんを止める。

「ギルド長、子供に愚痴るのはやめてくださいよ。いい大人なんですから」

「うるせえな。そういうお前も一緒に酒飲んでーるーーだーーーろ……」

「坊主、すまねーな。ギルド長は飲みすぎでダメだわ……って、寝ちゃったよ」

俺は疑問に思い、職員に質問する。

「えーっと、で、結局何が起きてるんですか？」

「どうやら、海竜《かいりゅう》がこの沖にいついてしまったようで、ここ五日ほどこんな状態なんだ。今のところ……何隻《せき》だっけな。おい！　何隻だっけ？　帰ってこない船」

「ああ、大きな船は四隻か五隻くらいかな？　小さなやつはわかんねー」

他のテーブルで飲んでいる四十歳くらいの男の人が答えてくれた。

……もしかしてこの人も、ギルドの職員なのだろうか？　もしかして、職員が全員飲んでる？

酒乱ギルドとか怖い。

そう思ってたら、職員が俺のウイングスーツを見て話しかけてくる。

「ところで坊主。今、お前の村ではその変な服が流行っているのか？」

「いえ、そういうわけではないのですが、ちょっと理由があって着てます」

「あーわけありってことか？　お前も大変なんだな」

「まあ、大変といえば大変ですかね。いろいろとありますから……で、海竜なんですが、どの辺りに住み着いているのかご存じですか？」

「正確なことは分からん。だが、この港から出航した船が狙われているようなんだ。漁師も怖がって漁に出ていない。そのうち、魚も全部海竜に食われていなくなるかもな」

「それは大変ですね」

「誰か早いとこなんとかしてくれないと、俺たちはおまんまの食い上げだよ」

「……まずいじゃないですか」

「だが、どうしようもないんだ。銛《もり》や矢ではどうにもならなかったらしい。今、ここの公爵様に相談してバリスタを引っ張ってきていると聞いている。届き次第、船に乗っけて討伐に向かう計画らしい。そろそろ到着してもいい頃だと思うんだけどな」

「そんなことになっているんですね。お取り込みのところお邪魔しました。ありがとうございました」

俺はそう言って、ギルドを後にした。

職員がまともに話のできる人で助かった。

しかし、そんな大変なことになってたとはな。

話から想像するに、海竜ってミーノータウロスみたいに頑丈な皮膚なのだろうか？　銛や矢ではどうにもならなかったって言っていたし。ってことは、俺の水魔法も海竜が相手だと効き目がないだろうな。

俺でも倒すのは無理かもだから、ちょっと海の上まで出て偵察してから、城に帰ることにしよう。

十五分ほど海の上を飛んでいたらクジラのような大きさで首が海から出ている生き物を見つけた。

あれが海竜かな？　前世でいうと、首長竜《くびながりゅう》みたいな感じの見た目だ。

大きいな～、三十メートル以上ある。これが襲ってきたら船はもたないだろうな。

姿は一匹しか見えないけど、一匹だけなのかな？

ん？　銛かな？　矢かな？　なんかが体に刺さってる。ということは、皮膚が硬すぎて手こずったミーノータウロスとは違って、案外簡単に討伐できるかもしれない。

討伐といえば、今、船にバリスタを積んで戦おうとしてるんだよな。

でも、無理じゃないか？　揺れるから狙いがつかない気がする。

それにあの海竜、攻撃が飛んできたらすぐに潜って、船の下から襲ってきそうだ。

うーん、とにかく海竜をなんとかしないと、このままでは魚が手に入らないよな。ってことはサーシャの伝言を伝えに行くこともできない。

とはいえ今日は時間がないから、明日、準備してまた来ようかな。

□　□　□

翌日。

朝早くから爆裂弾と棒手裏剣をカーゴウイングに積んで飛び、港町のポートまでやって来た。

目的は海竜討伐だ。サクッと倒して帰れば、王城の食事会に間に合うと思う。

ひとまず、昨日行った仕事斡旋ギルドに向かう。

「こんにちは」

挨拶して中を見ると、今日も朝からギルド長さんと昨日の職員が飲んでいた。

ギルド長さんが酒臭い息と共に俺に話しかけてくる。

「なんだ、昨日の坊主じゃないか。また来たのか？」

「昨日お聞きした海竜に興味がありまして」

俺の言葉を聞き、ギルド長さんが不機嫌そうにする。

「はぁ。何言ってんだ坊主。あんな化け物のこと聞いてどうする気だよ、まったく。あいつのせいで気分が悪いのに、思い出しちまったじゃねえか。やめてくれよ。せっかく酒を飲んで忘れてるんだからよ」

横に座っている昨日と同じ職員が言う。

「ギルド長、やめましょうよ。こんな子供に当たり散らしちゃダメですって。ほんと困ったおっさんだな。坊主、すまないな。そんなことより、用件はなんだ？」

「海竜って、討伐依頼は出ていますか？」

「討伐依頼？　海竜の？　出てるよ。それがどうかしたのか？　誰も受けねーぞ、あんな依頼。海の上じゃあ分が悪すぎる。命がいくつあっても足りないからな」

「そういえば、昨日聞いたバリスタの作戦って成功したんですか？」

職員は複雑な表情になる。

「あれな、一番デカイ船で討伐に向かったんだけどな……失敗した」

「え、失敗？」

俺は驚いて少し声が大きくなってしまった。

職員が続けて言う。

「ああ。昨日、坊主が帰った後にバリスタ二台と共に兵士たちがやって来た。そしてバリスタを一番大きな船に載せて討伐に向かったんだがな……帰ってこなかった。船がバラバラになって残骸《ざんがい》が海に浮かんでいたらしい。生き残っている奴は誰も見つけられなかったそうだ。信じられるか？この港にある一番大きな船がバラバラだぜ」

そんな大きな船を簡単にバラバラにできるものなんだろうか。

「……海竜って、魔法が使えますか？」

「口から強力な水弾を吐くらしいから、水魔法が使えるんじゃないかな。あれを食らうと小さな船は一発でバラバラだ。大きな船でも、何発も食らってしまったら耐えられないんじゃないかな……」

しかし、いよいよまずいことになってきたな。魚もまったく獲れないんだ。海竜はこの辺の生き物を食い尽くすまで居座るんじゃないか。だが討伐できない以上、生き物がいなくなって海竜がどこかに行くのを待つしかなさそうだな」

職員は辛そうだ。

どうすればいいかな。なんか話によると、この町を治めている公爵が国王陛下に救援依頼を出してるらしいけど。

ん？　でもそしたら陛下経由でどうせ俺に対して討伐依頼がありそうだな。事後報告はまずそうだから、お伺いを立てておいた方がいいな。

というわけで俺はウイングスーツで一度王城まで戻り、陛下と話をした。

でもまだ公爵から依頼はないらしい。

王城に着いてから気付いたけど、俺は空を飛んでくるんだから、そりゃ公爵より早く着いちゃうよな。

話し合った結果、陛下は俺に討伐依頼を受けてほしいと言った。ちなみに海竜を倒すまでお肉の食事会は免除だそうだ。

さて、明日朝一番で討伐に行くか。

11　海竜討伐

翌日。朝一番に王城からポートの港町へ飛んできたのに、探しても海竜が見つからない。

この前は簡単に海竜を見つけることができたのに。

そうこうしてるうちに時間だけが過ぎていく。もしかして、すでに海竜はどこかに行ってしまったのだろうか？　それならそれでもいいんだけど。

一度、仕事斡旋ギルドに行って状況を聞いてみることにする。

町の上を飛んでいると、ガヤガヤと人が揉めている声が耳に入った。

昨日、俺が帰った後に、停泊していた船が何隻か沈められたようだ。矢や銛で撃退しようとしたがダメで、結局ヤギを船に乗せて海竜のエサにして、満腹にさせて港から離れるのを待ったらしい。

なんか物騒《ぶっそう》だな〜。それでみんなイライラしているのか。


その後、仕事斡旋ギルドに行く。

相変わらずギルド長さんも職員も飲んでいる。

「こんにちは。また来ました」

「坊主、今度は何しに来たんだ」

「今日は討伐依頼を受けようと思いまして」

「なに？　なんと言った！　依頼を受けると言ったのか？　お前みたいな坊主ができる依頼なんてうちには出てないと思うぞ。というか、お前毎日どこから来ているんだ？　宿屋はどこもいっぱいだっただろ？」

ギルド長さんから鋭い質問をされた。うーん、どう答えようかな。でも、どうせバレるからな。正直に言おう。

「王都からです。今朝も王都から朝一番で来ました」

俺の言葉に驚き、ギルド長さんも職員も固まってしまった。

「お前、あれか？　俺たちが暇そうだから笑わせようと思ってくれたのか？」

「ちょっとだけ驚いたけど。大笑いするほどの冗談ではなかったですね。惜しいな」

しばらく硬直した後で、笑いながら二人が言った。

「本当なんですけどね。これ、そのための服なんですよ」

「「……」」

ウイングスーツを見せたが、二人は信じられないような顔で見ている。

ここでホバリングして見せようかとも考えたが、埃《ほこり》がすごく舞うのでやめておいた。

そういえば先日、仕事斡旋ギルドのギルド証をもらったんだよな。どっちを見せようかな？

ギルド証には、受けられる依頼のランクが記載されている。

本当は一人一枚なんだが、俺は特別にランク4とランク9の二枚をもらっている。

海竜討伐はランク8なので、ランク9のギルド証を提示した。

「えーっと、とにかくこれで海竜の討伐依頼を受けたいのですが」

ギルド長さんが俺のギルド証を手に取り、職員と一緒に確認する。その直後に二人で顔を見合せる。

それから少しの間があり、後に俺の方を向く。

「「……」」

え。なんでしょう。無言のままの時間が経過中です。すみません、何か言ってください。

そう思っていたら、職員が箱のようなものを取ってきた。

その上に俺のギルド証を置くと、『発行場所、王都。担当者、ギルド長ガルド』と、ギルド証に文字が浮かび上がる。

ギルド証ってこんな機能があったのか。偽造防止対策かな？

「坊主。このギルド証、まるで本物みたいだぞ」

「そうでしょうね、本物ですから。ギルド長のガルドさんに発行してもらいました」

「ガルドが自ら発行してくれたのか？　あのガルドがか？　坊主、ガルドと知り合いだったんだな……そ、そうか。それで、なんの仕事を受けると言っていたっけ？」

なんか動揺しているギルド長。ガルドさんって有名なのかな？

でも今はそれより討伐だ。ということで、目的の依頼を受けることにする。

俺は海竜討伐の依頼書を取ってくる。報酬は金貨八枚らしい。

ギルド長さんは依頼書を受け取り、俺の顔と依頼書を交互に見る。

「坊主、本気なのか？　死ぬぞ？　誰と討伐パーティーを組んでいるんだ。お前のギルド証のランク9という記載だが、パーティーとしての戦闘能力が高いからだろう？　メンバーに会わせろ。依頼を許可するかどうかはそれからだ。子供を死なせるわけにはいかないからな」

「ギルド長さん、すみません。大変申し上げにくいのですが、僕一人です」

「なんだと！　なら絶対に許可などできん！　死にに行かせるようなものだからな」

ギルド長さんが急に大声を出してきた。

「あの、ガルドさんと同じようなことを言われますね」

「何、ガルドの奴からも言われたのか坊主」

「はい、ミーノータウロスの討伐の際に、確か言われたと思います」

「何、坊主、ミーノータウロスの討伐にも参加したのか」

「はい、キャスペル殿下と一緒に討伐しました」

「坊主、お前、一体何者なんだ。見た目は八歳とか九歳とかに見えるが、実は年食ってんのか？」

ギルド長さんが俺のことをメチャクチャ怪しんでくる。

「いえ、八歳で合ってますよ」

「だよな。そういやお前の名前、ハイルーンて言ってたな。グラン帝国を撃退した男爵が作ったとかいう村の名前と同じじゃねーか。親父が男爵なのか」

「いえ、父はその村の騎士ですね」

「そうなのか？　じゃあ、もしかしてお祖父さんが男爵なのか？」

ギルド長さんが探りを入れてくる。

「いえ」

「全部ハズレだな。おじさん降参だ。じゃあ、誰がグラン帝国を撃退して男爵になったんだ。教えてくれ」

両手を上げて降参のジェスチャーをするギルド長さん。

「えーと、男爵はもういませんけど、僕ですかね」

「そうか、男爵は亡くなったのか？　勇敢に戦われたのだな。で、それを坊主が世襲したのか？」

「亡くなってはいませんね。僕がなったのは合っていますけどね」

「おじさんは、坊主が何を言っているのか分からん」

ギルド長さんを困惑させているみたいだ。

「申し遅れましたが、アルフレッド・ハイルーンと申します。いちおう伯爵です。よろしくお願いします」

「坊主、面白い冗談だな。だけど伯爵とか嘘を言うと捕まって罰せられるからやめとけ。聞かなかったことにしておいてやるからな。いいな」

ギルド長さんが呆れたように言う。

「この前も、そう言われてなかなか信じてもらえなかったので困るんですよね。陛下に聞いてもらえば本当だと分かると思うんですが、それじゃ時間が掛かりますよね」

「……坊主、本当に伯爵なのか？　本当に？　八歳で？」

ギルド長さんの顔に信じられないと書いてある。

うーん、仕方ないな。陛下にもらったあれを使うか。

「ちょっと、こっちに来てもらえますか？」

俺はギルド長さんを受付の端、人から見えにくい場所に連れていく。そして、ウイングスーツのお腹の袋の中から、以前陛下にもらった王家の紋章入りの短剣を取り出す。

「僕、もう一つ名前がありまして。『アルフレッド・レム・メダリオン』といいます」

そう言った後、すぐに短剣を袋の中に戻した。

ギルド長さんは口をパクパクさせて固まり、動こうとしない。

その後土下座をしそうになったので、俺は身体強化魔法を発動させ、阻止させてもらった。なので今、大柄なギルド長を俺が抱えている状態になっている。

「あの、アルフレッド様？　大変な失礼をやっちまいましたですかね。これは不敬罪とかになっちゃいますよね」

そう言ってくるギルド長さん。

ギルド長さん、中の人が入れ替わってますか？　いきなり別人のような雰囲気です。急に様づけで呼び始めたし。

「いえ、大丈夫ですよ。とにかく、海竜討伐の依頼を受けさせてもらえれば問題ないですから」

「そうですか？　あの、お願いが二つあるのですが」

そうボソボソしゃべるギルド長さん。

「なんでしょうか？」

「まず、俺を降ろしてもらえないでしょうか？」

そういえば、持ち上げたままだったので、床に降ろしてあげる。

「ありがとうございます。あと、俺たちが勤務時間中に酒を飲んでいたことは黙っておいていただけますでしょうか？　特にガルドとか、王城の方には……」

ギルド長さんの声が一段と聞き取りにくくなる。

「あーどうしましょうかね」

「頼みますよ。あいつは俺の弟なんです。兄の醜態《しゅうたい》を晒すわけにはいかないんですよ」

「そうなんですね。では、いろいろと討伐に協力してもらえますか？」

「できることなら言ってください。なんでもやらせていただきます！」

ギルド長さんの声がようやく聞き取れるようになってきた。

「じゃあ教えてください。海竜が港で暴れたと聞いたんですが、その時にヤギを船に乗せてエサというか生贄《いけにえ》にしたんですか？」

「ええ、仕方がなかったんです」

「でも、たぶんですがそれ、餌付けしちゃってますよ。お腹が空いたらここに来れば美味しいものが食べられると学習しちゃってそうです」

「え！　そうなんですか？」

「そうですね。港の近くでヤギを食べさせたのはよくなかったかと」

「なんということだ。じゃあ港に海竜がまた来るんですか？」

「僕の予想が正しければですが」

「……非常にまずいですね」

「でも、海竜から来てくれるなら、探す手間が省《はぶ》けていいかもしれませんよ」

「ご冗談を。完全に酔いが覚めちゃいましたよ……」

そう言った後、ギルド長さんがハッとした様子で言う。

「申し遅れました。俺はこのポートの仕事斡旋ギルドのギルド長で、ゼルドと申します。こいつは俺の補佐をしているジョンです」

ギルド長さんが言った後、いつもの職員ことジョンさんが挨拶してくる。

「名乗っておらず失礼しました、ジョンです。あなたはアルフレッド・ハイルーン様とお呼びした方がよろしいのでしょうか？」

「え、聞こえちゃいましたか？」

「はい、聞こえちゃいました」

「黙っていてくださいね」

「はい。大丈夫です」

ニヤニヤしながら言うジョンさん。なんか言いふらされそうな気がする……

まあそれはおいといて、とにかく今は海竜討伐だ。

□□□

翌日。

港からウイングスーツで二時間近く飛んだ、大きな岩がある場所で海竜を発見した。

試しに爆裂弾を十個投下してみる。だが驚いたことに、海竜は体の周りに魔法で水の膜を作り出した。

見た目はスライムの中に首長竜が包まれているような状態だ。

爆裂弾はすべて水魔法の膜に阻まれてしまい、ほぼダメージを与えることができていない。

流石、海竜だな。水魔法はああいう使い方もできるのか。

これじゃ普通に爆裂弾を投下しただけだと、海竜にダメージを与えるのは難しそうだな。

水の膜の中では水が渦巻いている様子で、攻撃が狙ったところに当たらないみたいだ。

これは、簡単には討伐させてもらえそうにないな。あれをやられると棒手裏剣も刺さりそうにない。どうしたもんかな。

俺はしばらく海竜を観察する。すると数は少ないが、相変わらず銛や矢が刺さっているのが見えた。

どうやって刺したんだろう。

水魔法を使っていない時だということは分かるけど、それっていつなんだ？　寝ている時か、食事の時だろうか。

でも討伐の話から推察するに、寝ている時じゃなさそうだ。

ということは海竜が船を襲って食べようと魔法を解除している時に、銛や矢が刺さったんじゃないだろうか。

なら、俺も食事中に攻撃してみるかな。

観察しての推測だが、皮膚はそこまで硬くなさそうだ。だから代わりに水魔法の膜で防御しているんだろう。

なので、スナイパーライフル二号の特殊弾を使えば、十分にダメージを与えられると思う。

ヤギを囮《おとり》にして、海竜が食べるところを狙い撃つのが一番よさそうだな。

ということでいったん仕事斡旋ギルドに戻り、小舟とヤギを準備してもらった。あとは海竜が現れるのを待つばかりだ。

ギルドの人たちにヤギを船に乗せてもらい、港から少し離れた海に浮かべてもらう。

俺はというと、ギルドの屋根の上でスナイパーライフル二号を構えて待機だ。

食事の瞬間を狙わないといけないので、チャンスは多くない。

「海竜だ、海竜が来たぞ！」

待っていると、見張りの人が叫びだした。

海の方を見ると、海面が波打ち始め、盛り上がっていく。

海竜の立てる波でヤギが乗っている小舟が大きく揺れ、ヤギが暴れているのが見える。

ごめんねヤギさん。できるだけ食べられる前に狙撃するからね。もう少しだけ我慢してね。

俺はヤギの少し上にスナイパーライフル二号の照準を定めて待つ。

すると海竜の首が現れ、続いて体の上の部分も見えてきた。

体の周りは、まだ水の膜で覆われたまま、海竜の首がヤギに伸びていく。

早く魔法を解除しろ！

そう思っていると、水魔法の膜がザッと海面に流れ落ちて消滅する。

今だ！

そう思って俺は海竜の頭を狙って狙撃する。

ボシュンという、空気銃とは思えない大きな音がして特殊弾が発射される。

当たると確信したんだが、海竜は弾の方を向き、水弾を撃って特殊弾を撃ち落としてしまった。

海竜、探知能力も持ってるみたいだな。だけど、とにかく諦めずに撃つしかないか。

そう思ってスナイパーライフル二号に特殊弾を装填し、空気を圧縮して狙撃する。

だが、また撃ち落とされてしまう。

見た感じ、海竜から一メートル以内の距離になると水弾で撃ち落とすみたいだ。

ヤギを守ろうと続けて狙撃するが、特殊弾の弾切れの方が早そうだ。かなり厳しい状況になり始めた。

このままではヤギを守りきれないと考えていたら、突然、海竜が海の中に消える。

え。海面の揺れが小さくなっていく。

海竜が引き返したんだろうか？

……と思う間もなく、突然小舟が揺れてバラバラになる。海竜が水弾を撃ったみたいだ。

小舟に乗っていたヤギは海に投げ出され、必死に泳いでいる。

直後、ヤギの周りに大きな波が立ち、海竜にパクリと咥えられてしまった。

早業《はやわざ》すぎて、狙いがつけられず、狙撃は間に合わなかった。

俺はヤギさんを守りきることができませんでした。ごめんなさい。ヤギさん。

その後やっと狙いをつけて海竜を狙撃したが、水魔法の膜を張られてしまう。

ダメもとで、もう一度狙撃してみる。

ボシュンという大きな音と共に特殊弾が発射され、海竜の頭の辺りに着弾する。ヤギを咥えているので、水弾が発射できずに防げなかったんだ。

少しダメージが入ったみたいだが、倒すことはできなかった。

しかし連続で撃ち続けるしか、今は方法がない。

とはいえ何発かはダメージを与えられているようで、首から少し血が出ているように見える。

とか思っているうちに、また海に潜られてしまった。

とにかく、エサを咥えていれば水弾は発射できないんだよな。

だがまたヤギを囮に使うのは通用しなさそうだ。海竜は知能が高いみたいなので、ヤギを食べたら攻撃されたと学習してしまっているだろう。

となると、今度は俺が囮になるしかないか。

水竜を狙撃するためには足場がいるので、大きな船を探すことにする。

俺は爆裂弾と棒手裏剣を持って一番沖に停泊中の大きな船の上に向かい、ホバリングして船の上に降りる。

「海竜。僕はここにいるぞ。食べてみろ！」

すると静まり返っていた海面が波打ち始め、俺が乗っている船に衝撃が走った。

ドゴ。

船がグラグラと揺れる。

ボゴ、メキ。

そんな音がして、海竜の放った水弾が船の底から空に向かって突き抜けていく。

それから海面が持ち上がり始めた。水魔法の膜に覆われた海竜の首がすぐそこに迫っている。

水魔法を早く解除してくれ。

俺は飛んで逃げたい衝動をなんとか抑えながら、そう祈る。

水の膜がザッと海面に流れ落ちて、大きく口を開けた海竜の顔が目の前に迫ってきた。

俺は身体強化魔法で、爆裂弾を奴の口の中に投げ込む。さらに棒手裏剣も投げつけ、ウインドスラッシュも連射する。

噛みつかれる寸前で、爆裂弾が爆発した。ウインドスラッシュも海竜の首に当たり、海竜の皮膚が切れていく。棒手裏剣は口の中か喉の辺りに刺さったと思うが、確認できなかった。

海竜は痛みで暴れながら、俺に噛みつこうとする。

俺は海竜の噛みつきをギリギリでかわしながら、ウインドスラッシュを撃ち続ける。

そのうち海竜の大きな頭が、船の上に覆いかぶさってきた。

慌てて後ろに飛びのくと、海竜の頭はそのまま船の上に落ちる。そしてピクピクと痙攣《けいれん》し、動か

なくなった。

俺はそれでもウインドスラッシュを撃ち続け、海竜の首を切断する。

海竜の頭だけが船の上に残り、長い首はずるずると船から海へと滑り落ちていき、ザバザバと水音を立てながら浮かんだ。

それを見ている間に、乗っている船がだんだんと傾き始める。船底に穴が開き、浸水しているみたいだ。


俺は風魔法を使って飛び上がり、港の岸壁に飛んでいって着地した。

ふう、ギリギリで倒すことができたな。もう少しで囮のヤギのように食べられるところだった。

海の上に、動かなくなった海竜が浮かんでいるのが見える。

「野郎ども、海竜を引き上げるぞ。早くしないと沈んでしまう」

誰かが港で、大きな声で指示を出しているのが聞こえてくる。

同時に、大きな歓声が沸き起こった。

その直後、俺が港にいるのに気付いたポートの町の人たちが、俺の側に走り寄ってきた。

だけど俺はというと、疲れと恐怖と安心と、そんなものがいろいろこみあげてきて、へなへなとその場に座り込んでしまった。

走り寄ってきたギルド長さんが俺を抱き上げ、体をあちこちぺたぺたと触ってくる。

「アルフレッド様、無茶しすぎです。でもこの血は海竜のものですね？　無事でよかった」

べたべた触ってくる理由は、俺の全身が海竜の血を浴びてしまっているから、怪我したと勘違いしたみたいだ。

改めて自分の体を見るが、我ながらこれはひどい。

ウイングスーツが台無しだよ。すぐに洗って綺麗にしないと。

「ギルド長さん。今すぐにお風呂に入りたいです」

「おお、すぐに準備させる。おい、風呂を沸かしてやってくれ」

ギルド長さんが職員にそう頼んだ後、話しかけてくる。

「ところでアルフレッド様、海竜についてなのですが、引っ張り上げて解体することにしました。肉は売らせてください」

「どうぞよろしくお願いします。あ、でも魔石があったらそれだけください」

「分かりました。おう、野郎ども聞こえたか!?　お前たちの力を見せる時だぞ」

ギルド長さんの号令で、一層大きな歓声が沸き起こる。

そしてギルドの男たちが船に乗り込んでいく。

「よし、じゃあみんな海竜の引き上げを頼んだぞ。俺はこの英雄を風呂までお連れしないといけないからな」

俺はなぜかギルド長さんにお姫様抱っこされ、お風呂に連れていかれるというなんとも情けない姿になっている。ウイングスーツが血で濡れていてなかなか脱げないので、脱ぐ手伝いまでしてもらってしまった。

そんなこんなで、お風呂に入って海竜の血を流す。

ついでにウイングスーツもここで洗濯してしまおう。

ウイングスーツの素材として使っている翼竜《よくりゅう》の飛膜《ひまく》のことが気になって、洗濯は人にお願いする気になれなかったんだよね。飛膜、破けやすいからさ。

血がついてすぐだったので、水洗いでかなり綺麗にできた。けど、完全に落とすことは無理みたいだ。

でもあまりゴシゴシ洗って飛膜が破れたらいけないので、これくらいでよしとしておこう。

こうしてウイングスーツの洗濯が終わる。

あとは水魔法でウイングスーツから水を取り除き、温風で乾かす。その後オークから作った油脂《ゆし》を飛膜に塗り込んで、お手入れ終了。

近くで俺の行動を黙って見ていたギルド長さんとジョンさんが何か言いたげにしている。

「アルフレッド様、いつも魔法で服を乾かしてるんですか？」

ギルド長さんが話しかけてくる。

「はい、そうですね。あ、お風呂ありがとうございました」

「いえいえ。お安いご用です。あの、いろいろ聞きたいことがあるんですが。といっても、どれもすごすぎて聞いても理解できる気がしませんが……あのデカい音のする長い武器もすごいですが、最後の爆発も、風の魔法もすごかったですね。全部すごかったとしか言えません。一人で討伐をするランク9の人は、これほどの化け物なのかと思ってしまいました。あ、すみません。化け物は余計でした」

「は、はあ……」

なんの話かよく分からないので適当に相槌《あいづち》を打っておいた。

「ところでギルド長さん、船が沈んじゃいましたけど、補償は必要でしょうか？」

「なんで補償がいるんですか？　全部海竜がやったことですよ。むしろアルフレッド様は被害を最小限に食い止めてくださった恩人ですよ」

「本当に大丈夫なんですか？　かなりお金がかかりそうですけど」

「アルフレッド様が心配される必要はないです。あ、ところであの海竜は大物なので、解体に時間が掛かります。なので、魔石は後ほど送ります」

「そうですか？　すみません。じゃあ、討伐も済んだので帰ろうかな。ところで魚を買うのがもともとここに来た目的なのですが、いつ頃来れば魚を売ってますかね」

「え、魚を買いに来たんですか？　それで海竜を討伐したんですか？」

「そう言われるとそうなりますね」

「はあ、なんかアルフレッド様と話していると、俺がおかしいのかなと思ってしまいます。ところで今晩は海竜討伐のお祝いを開くので参加していただきたいのですが、なんとかお願いできないでしょうか？」

「え、討伐の祝いですか？」

魚の話は⁉　と思ったけどとりあえずスルーする。

「はい、討伐したアルフレッド様に参加していただけないと締まらないというか、俺が締められるというかですね」

「え、ギルド長さんが締められるのですか？」

「はい。確実に締められますね」

「なるほど、では参加させていただきます」

「すみません。無理を言って。あ、これ報酬の金貨八枚です。あと海竜の売り上げも、解体手数料を差し引いて後日お渡しします」

「海竜の売り上げは被害に遭われた方たちで分けてもらっていいです」

「え、相当な金額になりますけどいいんですか？」

「はい、構いません。ギルド長さんにお任せします。ところで、海竜のお肉は美味しいのですか？」

「美味しいですね。先ほど焼いて食べてみたのですが、魚とは違いますね。どちらかというとお肉です」

「ではお手数ですが、柔らかくて美味しそうなところを五十キロほどもらえませんか？　陛下とか、知り合いに届けたいので」

「え、陛下にですか？　分かりました。すぐに準備させます。食べきれないほどありますから。我々もこれから王都やらあちこちに販売に行くので忙しくなりますよ。しばらく魚は獲れなそうですが、アルフレッド様のおかげでこの海竜の肉を販売すれば生活はなんとかなりそうです。本当にありがとうございました」

結局、魚のことに答えてもらってないんだけど。まあ話を聞いた感じ、当分買えないってことでいいのかな。


その夜。

海竜の出現で火が消えたようになっていたポートの港町は、海竜討伐のお祝いで大いに盛り上がっている。

俺はこの港町の英雄になり、今後この町に来れば、いつでも魚をもらえることになった。船もタダで乗せてくれるそうだ。

翌日、俺はみなさんにお礼を言ってポートの町を飛び立った。

結局魚は無理だったけど、海竜のお肉をゲットしたので、お祖父様たちのところに届けに行くことにする。

実は今回持ってきたカーゴウイングは二号で、改造済みだから積載重量がアップしたんだよね。ミーノータウロスの討伐の時の魔石二個で、風の推進力を高めるのに成功したんだ。これがあるおかげで、積載量が五十キロ増えた。

それにしても、魚を届けるはずだったのに、また肉を届けることになってしまったな。どうしてこんなことになってしまったんだ？

まあ、レアなお肉に好かれているのかもな～。

12　海竜のお肉

その後、ガルトレイクのお祖父様のお屋敷に行き、海竜のお肉を届けた。

サーシャの伝言を伝えるために魚をあげようと思ったのが始まりだったのに、えらく長いこと掛かったな……

とにかく、サーシャからの『お祖父様、お祖母様、元気で長生きしてくださいね。またお会いしたいです』というような言葉を伝えておいた。

「そうかそうか。サーシャが元気で長生きしてと言っておったか。また会いたいとな。少し遠いがまた行くとするかな」

「あまり無理はなされないでくださいね。ここからハイルーン村へは長旅になるので体調を崩されるとサーシャが悲しみますからね」

ガルトレイクのお祖父様は、ニコニコであった。

伝言を伝えるまでかなり遠回りになったけど、まあよかったな。

次にハイランドのお祖父様のお屋敷にも行き、同じように海竜のお肉を届けてサーシャの言葉を伝えた。

「じいじに長生きしてほしいと言っておったのか。また会いたいと言っておったのか」

ハイランドのお祖父様も、サーシャの言葉にメロメロであった。

その後、マルベリー公爵のお城にも立ち寄った。しかし、俺と結婚したがっているマルベリー公爵令嬢、スノウレット様に捕まると長くなりそうなので、門番に預けて早々に退散させてもらった。


そんなこんなで、やっとハイルーン村に帰ってきた。

で、マシューさんにも海竜のお肉を届ける。

マシューさんは、また倒れてしまうのではないかと心配になるくらい喜んでいた。

ついでに菜種油《なたねあぶら》、片栗粉《かたくりこ》、ショウガ、ニンニクを購入する。

実は、海竜のお肉で唐揚《からあ》げを作れないかと思ってるんだよね。

しかし、こんな辺境のハイルーン村では、こんなに品揃えがよくても儲けにならないんじゃないだろうか。

そう思ったんだけど、俺がほしいと思った時にすぐ手に入るよう手配してくれているらしい。

助かるけど、マシューさんの俺への奉仕ぶりが怖い。

□□□

翌日。

俺はマシュー商会で揃えた材料で、海竜の唐揚げを作ることにした。なお、肉の量は十五キロある。

これだけ揚げるので、ついでにフライドポテトも作ってみることにした。

完成して味見してみると、ホクホクで美味しい。

海竜のお肉は、クジラの肉に味が近い気がする。クジラ肉の竜田揚げみたいなイメージだ。

外はカラッとサクッと、中はジューシーな感じですね。

フライドポテトもシンプルですが塩加減が絶妙で美味しい。

完成したところで、サーシャを呼ぶ。

「サーシャ、唐揚げとフライドポテトができたよ」

「わーい。さっきから美味しそうな匂いがしていたのです。アルお兄様。ありがとうなのです」

「ここは油があって危ないから、ダイニングに持っていってお父様とお母様と一緒に食べていてね」

俺はサーシャに海竜の唐揚げと、フライドポテトを入れたお皿を渡した。

「ママー、パパー、アルお兄様が美味しいものを作ってくれたのです」

サーシャが大きな声で言いながら走っていった。

俺は取り分けておいた唐揚げを、熱いうちにマシューさんに届ける。

そしてしばらくして、マシューさんの店から帰ってくると……

お祖父様たちに届けようと思って取っておいた分の唐揚げとフライドポテトが……ない。

リビングを見ると、お父様、お母様、使用人のみなさんが食べていた。なんということでしょう。

まあでも、海竜のお肉は無理でも、他の肉の唐揚げなら作れるから、いいか。

そのうちまた作って、持っていってあげよう。

「アル、美味しいぞ！　なんのお肉なんだ、これ。このポテトも美味しい。お前、料理が上手だよな」

お父様は海竜のお肉を気に入った様子だ。

「アルは料理人の素質があるから、お店とか始めれば流行ると思うの」

お母様も言ってくる。

あれ？　俺、王都に飲食店を出していることをお母様に伝えていなかったっけ？

このタイミングでは言いづらいな。スルーしておこう。

「そうですね、お母様」

「サーシャもそう思うのです。絶対に売れるのです。サーシャはお腹がポンポンでパンパンなのです」

サーシャがお腹を見せてくる。

うわー、サーシャ。本当にお腹がポンポンでパンパンですね。あなた、本当におデブさんになってしまいますよ。

そして気付いたらベスがサーシャの隣にいて、海竜の唐揚げをサーシャからもらって食べている。

ニンニクとかショウガって、ベスに食べさせて大丈夫なんだろうか。

「サーシャ、ベスにいろいろと食べさせてはダメだよ。ベスの体によくないものがあるかもしれないからね」

「ベスが欲しがるのでかわいそうだからあげたのです。でも……分かったのです。次からはあげないのです。アルお兄様に聞いてからあげるのです」

「サーシャはいい子だね」

俺はサーシャの頭をなでなでしてあげる。

するとシュンとなっていたサーシャが復活した。

「えへへ、サーシャはアルお兄様に褒められたのです」

「あらサーシャ。よかったわね、褒められて」

お母様は相変わらず、ほんわかされている。

俺はお母様のこのほんわかが大好きだ。すごく癒される。

「ママ、はいなのです。でも、ちょっとサーシャは食べすぎたのです」

「あらあら、まあまあ、サーシャったら。美味しいものになるといつもこれね。子ブタさんになっちゃいますよ」

「ママはいじわるなのです。サーシャは子ブタさんにはならないのです。明日からダイエットするのです」

「あらあら、まあまあ」

俺はこのやり取りを聞いているだけで幸せだ。絶対にこの幸せを守らなければ。


というわけで、厨房に移動し、夕食も張りきって作ることにする。

夕食は、海竜のお肉にショウガをすり込んでジンジャーステーキの予定だ。

あと、デザートにプリン。甘いもの好きのサーシャは絶対に喜んでくれるだろう。

マシュー商会に卵と牛乳が多く入荷されたので、作ることに決めたんだ。

完成したので、サーシャに声を掛ける。

「サーシャ、夕食ができたからお父様とお母様を呼んで」

「はいなのです。さっきから美味しそうな匂いがしていたのです。ママー、パパー、アルお兄様が、夕食の準備ができたって」

サーシャが大きな声で知らせに行ってくれた。

「アル、美味しそうな匂いがしているな。さっき聞き忘れたが、これもお昼の唐揚げと同じ肉なのか」

サーシャに呼ばれてやって来たお父様が聞いてくる。

「はい。同じ海竜のお肉ですね」

「そうか？　え、同じ海竜の肉？　何？　これ、海竜の肉なのか？　どうしたんだ、これ」

その後、俺が海竜を討伐したことを話したら、お父様だけじゃなく、お母様も驚いていた。

「アル。私はこの頃、アルが危ないことをしていないかと心配で仕方ないの。ミーノータウロスのお肉の次が海竜のお肉だなんて……美味しいけど、危なくないの？」

「すみません、お母様。心配させてしまいました」

「そうなのね。アルらしいわ。あなたが自分で決めたことならお母さんは何も言いませんよ。応援するだけですから」

「そう言ってもらえて嬉しいです。冷めちゃう前に食べましょう」

「そうね」

お母様、俺の心配ばかりさせているようでごめんなさい。

「アルお兄様、サーシャは待ちくたびれたのです。お話が長いのです。こっちのお肉じゃない食べ物がすごく気になるのです」

さっきから、サーシャはプリンが気になってうずうずしているようだ。

「ごめんごめん。さあ、食べましょう。海竜のお肉はショウガを塗り込んで塩コショウで焼いただけですので、お好みの調味料でお召しあがりください」

話が長くて冷めちゃったかな？

そう思ってみんなの後ろを回り、魔法で加熱する。

「アルお兄様。プルプルで甘くて少し苦くてすごく美味しいのです」

サーシャはプリンから先に食べてしまったようだ。

「サーシャ。それはデザートだから、お肉を食べた後に食べるものだよ」

「ごめんなさいなのです。サーシャは知らなかったのです。でも、もう食べてしまったのです」

サーシャが少し悲しそうにしている。

「いいよ。僕が一緒に出したからね。お兄ちゃんがいけなかったね」

「あらあら、サーシャったら。あなたは、いつも美味しいと思ったものから食べるのね」

「はいなのです。なくなるといけないので一番に食べるのです」

大家族のおかず争奪戦じゃないんだから、別になくならないのに……と思ったけど、言うのはやめておいた。

「アル。お父さんもこれは美味しいと思うぞ。この苦みと甘みのバランスがいいな」

お父様まで先にプリンからいってる⁉

「本当ね。これは美味しいですね。苦みと甘みのハーモニーがいいわね」

お、お母様まで……


こうして、デザートが先にはなったけど、楽しく食事が終わった。

あ、そういえば、例の話をしないと。

「どう話したらいいのかよく分からないのですが、みんなにお話しすることがあります」

「なんだ改まって、お前のことだ。何かすごいことなんだろう？　でも、父さんは慣れたから驚かないぞ」

「そうよ。なーに？　言ってみなさい。お母さんも驚きませんよ」

「そうですか？　では、発表します。というか、こちらをご覧ください」

俺は用意していた王家の紋章入りの短剣と巻物を取り出して二人に渡した。

「実は……国王陛下の隠れ養子になっちゃいました。テヘペロ」

「「……」」

ですよね。お父様とお母様は固まっている。

「いろいろあって陛下の養子になるように言われまして。普段は今まで通りにアルフレッド・ハイルーンと名乗り、何かで必要になれば、その短剣を見せてアルフレッド・レム・メダリオンと名乗れというお話でした」

お父様、お母様はしばらくポカンとしていたが、ようやく話し始める。

「アル、お前、流石にこれは驚いたぞ。アルフレッド・レム・メダリオンだと？」

「あらあら、まあまあ。お母さんもこれは驚きました。でも、王位はキャスペル王太子が継がれるのですよね」

「はい。そのように聞いています。ちなみにこれは公にはしないそうです。あと、近いうちにアルテミシア様との婚約も発表されるそうです」

俺が伝えると、お母様が微笑む。

「そうなのね。それはよかったわね。マルベリー公爵様もアルを婿《むこ》にと言っていたのに、よく承諾されたわね。これで公爵ご令嬢との問題も解決ですね……でもね、お母さん何かあるように思えてならないの」

「はい？　何かあるのですか？」

「そうね。そのうち分かるんじゃないかしら」

「そうですか？　なんだか不安なお言葉ですね」

「ごめんなさい。アルは困らないと思うから心配しないでいいわよ」

「そうですか？　ところでこのことはお兄様たちにもお知らせした方がよいでしょうか」

俺には妹のサーシャのほかに二人兄弟がいる。長兄のカイルお兄様、次兄のクロードお兄様だ。二人とも親元を離れているんだよね。

「そうね、どうしましょうか？　あなたはどう思われますか？」

お父様にそう尋ねるお母様。

「ん、いいんじゃないか伝えなくて。養子になることは公にされないのだろ」

「でも、アルテミシア様とのご婚約は発表されるそうですよ」

「それについては発表されたらその時に分かるだろ」

「……そうですか？　ところであなた、あの子たちにアルのことちゃんと報告していますよね」

「ん？　何を報告する必要があるんだ」

お父様があまりにポンコツなので、俺はつい口を挟む。

「え、僕が爵位をもらったこととか、伝わってないんですか？」

「そういえばそうだな。先日村に来たクロードには伝えたが、カイルには伝えてないな」

え。なんですって。

お母様も流石に引いた様子で聞く。

「あなた、私がカイルには手紙で伝えるようお願いしたでしょ？　お手紙をカイルに出してくださったのですよね？」

「ん？　手紙？　なんの手紙を頼まれたんだ？」

「アルの授爵のこと、ハイルーン村ができて家の場所が変わったことや、村にお店ができたこと、いろいろ伝えるようにお願いしましたよね」

「……すまん。伝えていないな」

「あなた、カイルに定期的に手紙を出していますか？」

「……いや」

「もしかして、一度も出してないんですか？」

「おう。便りがないのは無事な証拠だからな」

お父様、それって出す側が言うことじゃないですよ。

お母様が盛大なため息を吐いた。

「……もういいです。今後は私が手紙を出すようにします」

「ママがパパを怒っているのです。プンプンに見えるのです」

「サーシャ。ママは怒っていないわよ。ただ、ママがパパにお願いしたことをやっていないから困っているのよ。解決したからもう大丈夫よ」

「パパ、メッなのです。サーシャはちゃんとやるのです」

「そうね。サーシャはお願いしたことはちゃんとやるわね」

サーシャとお母様が会話している横で、お父様が小さくなっている。

サーシャにまでポンコツぶりを指摘されると辛いものがあるようだ。

しかし、一度も手紙を出してないのか。

実はクロードお兄様は先日一度ハイルーン村に来たから事情を知ってる。でもカイルお兄様には何も伝わってないということだよな。

ん？　しかしカイルお兄様って、今どこにいるんだろう。確か、通っていた騎士学校を卒業して見習い期間中のはずだけど、手紙を出そうにも居場所が分からなきゃダメじゃない？

「お父様、カイルお兄様は今どちらにいるのでしょうか？」

「………………」

お父様が、返事をしてくれない。

結論から言うと、お父様はカイルお兄様の配属先を知らなかった。

お母様は恥ずかしすぎて騎士学校に問い合わせできないと言うので、このままでは騎士に採用された通知が届くまで連絡の取りようがないな……

でも流石にそれではいろいろびっくりされると思うので、卒業する前になんとか居場所を特定したい。

その後、俺はミーノータウロスのお肉食事会の最終日のために王城に行き、国王陛下に海竜討伐が成功したことを伝えた。

陛下に届いた情報によると、俺が討伐した海竜は通常より大きくて、三十メートルもあったらしい。普通は十メートルくらいだという。

ついでにお城でも、海竜のジンジャーステーキを振るまってあげた。

でもミーノータウロスのお肉に比べると、感動が薄れる感じだな。

なので、先日作った唐揚げやフライドポテト、プリンも提供したところ、陛下やアルテミシア様はすごく気に入ってくれた。特に唐揚げのサクサク感やプリンの味は好評だった。

しかし、プリンを普及させるには、卵が確保できないことが一番の問題だな。今度、村に放し飼いの養鶏場《ようけいじょう》でも作ろうかな。

とにかく、そんなこんなで、無事にミーノータウロスのお肉イベントが終了した。

食事会中にキャスペル殿下とも話したけど、殿下はまた迷宮に行きたいみたい。今度は魔狼迷宮へ行くことになりそうだ。

そうそう、カイルお兄様の居所については現在騎士団に依頼して調べてもらうことにした。近いうちに連絡が来ると思う。

13 グラン帝国へ

「マシューさん、養鶏場を作りたいんですが。あと、ショウガも作りたいです」

村に戻った俺が、そうマシューさんに相談したら、マシューさんは「うーん」と悩み始めた。

土地はすぐに提供できるが、労働力が足りないらしい。

なので、いきなりだけど『ハイルーンファーム』という農業法人を設立することにした。経営はマシューさんに丸投げ。

で、経営を丸投げした俺はというと、どんな業態にするかいろいろ決める役目を担《にな》う。

新しい農産物として、薬草、ぶどう、甜菜、メロン、西洋わさび、ショウガも村の生産ラインナップに加える予定だ。

村ではすでに麦やジャガイモの栽培が行われていたんだけど、これにさらにいろんな作物の生産が加わると思うと楽しみだな。

あと、柑橘類《かんきつるい》やリンゴの栽培も始めるつもりだ。特にリンゴは、リンゴ酒の製造にも使いたい。

それだけじゃなく、収穫された作物の加工品も販売したい。

ポーション、砂糖、ワサビ、ワイン、グラッパ、ブランデーまで、さまざまな製品を作っていってもらおうと思っている。

従業員は、村の人たちだ。魔蟻のスタンピードの時に避難してきた女性たちが喜んで参加すると言ってくれていた。

あとは、養鶏場も欲しい。鶏《にわとり》の数を増やすのを優先したいから、卵はしばらく取らないでおこう。

それに動物の肉の加工品も作りたい。猪の肉や皮を加工して、ハムや燻製《くんせい》などの商品として販売するのはどうだろう。皮は財布や敷物などにもできそうだ。

でも売るには、保存技術も向上させないとな。唐揚げやプリンのように日持ちしない食品については何か手段を考えないとだ。

なんていろいろやってたら、なんだかすごい規模になってきた気がする。

でも最近村の人口は増えているから、なんとかなるだろう。

スタンピードの避難民以外にも、食《く》い扶持《ぶち》がもらえない貧しい家の三男や四男も村に移住してるらしいからね。もう村じゃなくて、町になりつつあるかもしれない。

人手といえば、そういえばお父様とお母様から村の文官の増員要請があったな。でも面倒なので、人選はお父様とお母様に丸投げしておいた。

あと関係ないけど、マシューさんから聞いた話では、国王陛下の命令で海まで道を作って、塩を取ろうという計画があるらしい。道を作る予算については、どうも国王陛下がかなり投資しているようだ。

国王陛下といえばブルースライムによる浄化施設を普及してくれるよう、以前お願いしていたんだが、これも着実に増えているそうだ。これで、グラン帝国のような流行り病の起こる可能性は低くなったかな。

そういえば、流行り病をなんとか終息させて以来、グラン帝国に行ってないな。

皇帝陛下からはいつでも来いと言ってもらっているから、今のグラン帝国の状況を一度確認しに行ってみるか。


ということで、グラン帝国までウイングスーツで飛ぶ。

流行り病のせいで大変なことになってた帝都だけど、以前とは違って町が見違えるほど綺麗だ。

上水道の取水口の位置や、下水の排水口の位置も変更されている。それにスライムの浄化施設も作ってある。

これならまた病気が流行するようなことはないだろうな。


とか思いつつ、お城に着いて皇帝陛下の執務室に到着する。

「よく来てくれたな」

部屋に入ると、皇帝陛下からそう言われた。

俺はひとまず、皇帝陛下が主導してくれた帝都の環境改善への感想を述べる。

「帝都がものすごく綺麗になって、臭いもしなくなっていますね。ブルースライムの浄化施設もいくつかあって、たったの一年ほどでこんなにも環境が変わるなんて驚きました」

「あれだけのことが起きたのだ。帝都の人々が綺麗にする必要性を理解するのにそう時間は必要なかった。改めて、世話になったな」

皇帝陛下がそう言って、頭を下げた。

「やめてください。皇帝陛下に頭を下げていただくだなんて、恐れ多いです。先ほど上空から見ましたが、この様子からすると、流行り病の感染は完全に落ち着いたようですね」

「ああ、おかげでな。お前のくれたスライムのポーション、アルコール消毒、すべて素晴らしいものであった。ブルースライムの浄化施設も素晴らしいものだ。あれには助けられている」

「それはよかったですね。そうだ、お土産に僕のお店で売っているハニーカステラとふわふわパンケーキを持ってきました。お召しあがりください。ご心配であれば、この場で僕が毒見しますよ」

「いや、それには及ばん。おい、これを食べたい。用意してくれ」

皇帝陛下が声を掛けると、執事だろうか？　男性が来て、俺の渡したお土産を持って部屋から出ていった。

「ところでアルフレッド、今日はどのような用件なのだ？」

「流行り病が落ち着いたか、様子を見に来ただけです。問題なさそうで安心しました」

「そうか、気を遣わせたな。そうだ。お前に報告があるのだ。お前を我が国の名誉公爵に任命したが、聞いているか？」

「はい、国王陛下から伺ってます。これって、名前だけの公爵のようなものですよね？」

「まあ、そうであったな……」

ん！　あった？　過去形ですか？

「それと、私に娘が生まれたのだ」

え、名誉公爵の話は？　何がなんだかよく分からないまま別の話題に移ったぞ。

「それは、おめでとうございます」

「ところで、お前、今何歳になるのだ」

「八歳ですね」

「そうか、八歳違いか。許容範囲だな」

「え、何が許容範囲なのでしょうか？」

「お前に嫁《とつ》がせようと思っている」

「え……ご冗談ですよね」

「いや、私は本気だ。よろしく頼んだぞ。娘が十五になれば送り届けようと思う」

「すみません。僕、もう少しで婚約発表があります。お嫁さんは一人でいいのでお許しいただけないでしょうか」

「メダリオン王国は一夫一妻制であったな。公妾《こうしょう》でもよいぞ」

「公妾ですか？　そういう制度があるのは知っていますが、ご遠慮申し上げたいのですが」

「そうか？　まあ、まだ娘は一歳を迎えていないからな。成人までにお前の気も変わるかもしれん。どうしても無理なら友達になってやってくれ」

「はい、友達なら喜んで」

「そうか、公妾も無理か……でも、まだ八歳だからな。よし」

皇帝陛下がボソボソ言っている。何がよしなのですか？

すごくいい笑顔をしているが、そのイケメンニッコリ、怖いです。

そんなことを考えていたら、執事がお土産のハニーカステラとふわふわパンケーキを、お皿とポットと共に運んできた。

ポットから紅茶がカップに注がれ、いい香りが辺りに漂う。

この紅茶はお高いのだろうな。俺はつい、値段が気になってしまった。

それはそれとして、ふわふわパンケーキは温かい方が美味しいので、こっそり魔法で温める。

皇帝陛下が、俺をじっと見つめてくる。

「あ、魔法で温めました。温かい方が美味しいものですから」

「お前、詠唱はしないのだな」

「そ、そうですね。詠唱するのを忘れてしまいました」

「いや、それは言っていることがおかしいぞ。詠唱を忘れると魔法が発動しないのが普通だからな。まあ、お前のすることに私は驚きはしないがな……とにかく、食べるとしよう」

皇帝陛下は、毒見もせずハニーカステラとふわふわパンケーキをナイフとフォークで切り分け、口に運ぶ。

俺は感想を期待して待っていたが、さらに口に運ぶ……

皇帝陛下の手が止まらない。

目の前に俺がいるのに目も合わない。ひたすら食べている。

お皿の上のものが綺麗になくなったところで、紅茶を飲む皇帝陛下。

「これは美味いな。初めて食べたぞ。甘さもちょうどいいな。なんといってもこのふわふわの食感がたまらんな。メダリオン王国には、こんなものが売っているのか？　マシューが関係しているなら、頼めばなんとかならないだろうか」

皇帝陛下は、グラン帝国にも出店してほしいみたいだ。

「そうですね。マシューさんに頼めば、グラン帝国にもお店を出してくれるかもしれませんね」

「そうか？　早速手紙を出すことにしよう。マシューには、いつも助けられているからな」

「あの人は、いい人ですからね。僕もいつも助けられています」

「そうかそうか。よし、では外国籍のグラン帝国の御用商人第一号にしてやろう」

「それは、マシューさん、絶対に喜ばれます」

「そうか、それはよかった。だが、肩書き以外別に権限はないがな」

「肩書きは商人には重要だと思いますよ」

「ところで先ほど、名誉公爵のことで伝え忘れていたのだがな」

皇帝陛下が、少し改まって話しかけてくる。

「はい」

「お前の爵位の名誉公爵だが、名誉の文字を取ることにした」

「は？　意味が分かりませんが」

つまり本当に公爵になるってこと？　他国の者を公爵にするなんて聞いたことないんだけど。

「気にするな。流行り病を終息させた功績はそれほどのものだ。誰も異論を唱えなかったぞ。領地は、お前の村から近い場所にしておいた。新しく建設中の帝都のすぐ隣になる。お隣さんになるな。よろしく頼むぞ。割譲も考えたのだが、やめておいた。管理は全部こちらでやっておくから任せておけ」

俺は言葉が出なかった。

直後、コンコンとドアがノックされ、皇帝陛下の部下のボルトマン将軍が部屋に入ってくる。

「皇帝陛下、お呼びでしょうか？　おお、アルフレッド様、お越しになられていたのですね。お会いできて光栄です」

「よく来た。座れボルトマン。お前もこのアルフレッドの土産を食べてみるがいい。これは美味いぞ」

執事がハニーカステラ、ふわふわパンケーキ、紅茶を持ってきて、ボルトマン将軍の前に置く。

俺は将軍のふわふわパンケーキも魔法で温める。

「温かくなーれ。ふわふわぽんぽん」

詠唱を忘れていたなと思い、とっさに適当な詠唱をしたのだが、皇帝陛下の視線が痛すぎる。

ボルトマン将軍がふわふわパンケーキを口に運ぶ。そして驚いたような顔をし、似合わない笑みを浮かべる。

「これは美味しいですな。このふわふわな食べ物は、我が国では食べたことがありませんな。それに、温かい。これはさきほどのアルフレッド様の魔法の効果でしょうか？」

「そうだ。こいつの魔法には詠唱はいらないらしい」

「皇帝陛下、やめてください。せっかくふわふわぽんぽんと詠唱したんですから」

小声で皇帝陛下に言うが、皇帝陛下は気に留めていない様子だ。

「で、これはまだあるのか？」

皇帝陛下が追加でふわふわパンケーキを依頼し、執事がふわふわパンケーキを皇帝陛下の前に置く。

「アルフレッドよ。これも温めてはくれぬか？」

「はい。温かくなーれ。ふわふわぽんぽこ」

「先ほどと微妙に詠唱が違っていないか？」

「すみません。急なことで、覚えていませんでした」

「ほらな。詠唱などどうでもいいらしいぞ。まあそれはともかく、食べろボルトマン」

皇帝陛下が直々に、ふわふわパンケーキを半分にして、ボルトマン将軍のお皿に移している。

この二人は本当に仲がいいんだろうな。

「ボルトマンよ、この食べ物について、マシューに出店依頼の手紙を出そうと思っている」

「それはようございますな。我が国でもこれが食べられるようになるのですな」

皇帝陛下と将軍が二人で盛り上がっている。

えー、非常に言いづらいのですが、まったく似合っていません。

二人とも身長が高くて、がっちり筋肉質。まさに戦う男のイメージだから。

俺が引いていることに、そのうち二人が気が付き、皇帝陛下と目が合う。

「……すまなかった。あまりにもふわふわで美味しかったものでな」

皇帝陛下は照れ臭そうに言ってきた。

その後、俺はお妃様にもハニーカステラとふわふわパンケーキを食べてもらうことにした。

もちろん、出す前に魔法で温める。

「あなたのために愛情を込めて。温かくなーれ。ふわふわぽんぽこぽん」

そんなこんなでお土産を振る舞った後は、生まれたばかりのお姫様も抱っこさせてもらった。

赤ちゃんはどうしてこんなにかわいいのでしょう?

知らない人に抱かれて泣かれるかと心配したけど、ニコニコしてくれて、俺の指もニギニギしてくれた。

そして、帰り際。

俺はまたもやプレゼントをもらってしまった。内容は、目録と短剣です。

短剣……すごく嫌な予感しかしないな。ちょっと前にも同じようなことがあったんだけど。

「これは、ご遠慮するわけには……」

「無理だ。帝国が公式に発行したものだからな。短剣は紋章入りで身分を証明するものだ。目録にはグラン帝国公爵であることと、領地のことについて記載されている。早く渡したくて待っていたのだぞ」

ニコニコいい笑顔の皇帝陛下。イケメンぶりが、キラキラ光って見えますね……

「……」

俺が困惑して黙っていると、ボルトマン将軍が手を差し出してきた。

「これで、本当の意味で領地が隣同士になりましたな。よろしくお願いします」

俺も手を差し出して握手する。

すると皇帝陛下も手を出してきたので、なぜか両手で握手する状態になった。

三人で握手をしているって、なんなんだこの状況。

その後は、ベランダからウイングスーツで飛び立っておいとましました。

しかし、本当に公爵にされてしまうなんて……

グラン帝国とハイルーン村はお隣だから、なんか最近、土地の整地をしてるみたいで騒がしいとは思っていたんだよな。だがまさか、俺のための領地を整備しているせいだとは思わなかった。

俺は領地経営とか、何もしなくていいと言っていたけど、なんかまた面倒事になりそうな気しかしないな、なんて思っていると……

《助けて》

え！　今、助けてと頭の中に聞こえたような。

誰でしょうか？

14　龍を見つけました

俺は声を感じる方向に飛んでみることにした。
え!?
飛んでいった先の森で見つけたのは、白銀色の竜？　龍？　ドラゴン？　だった。
横たわっていて、調子が悪いように見える。
《助けて》
頭の中に、その龍のものらしき声が聞こえてくる。

ちなみに、なんで『龍』と思ったかだけど、前世での中国の龍っぽい姿だったから。この世界ではドラゴンは西洋風、龍は中国風、竜は恐竜風な見た目のようだ。

俺は横たわった龍に声を掛ける。

「俺の頭の中に呼びかけて助けを求めていたのは、あなた……龍さんでしょうか？　俺が近付いたらパクリとか嫌ですよ？」

《そんなことはしないわ。それにこんな状態ではできもしないしね。頼みがあるのよ。聞いてもらえない？》

横たわった龍は、また俺の頭の中に聞こえる声で言う。

「内容によりますね。食べさせろ、とかは嫌ですからね」

《だから、食べないと言っているでしょ。私は食事に毒を盛られたようで衰弱《すいじゃく》しているの。このままだと死んでしまうかもしれない。薬草を大量に食べれば解毒できると思うのよ。だけど薬草を探そうにも、体力が弱まっていて、飛べそうにないの》

「それはお困りですね。俺にどうしてほしいのですか？」

《これから伝える薬草を採取して、持ってきてはもらえないかしら？》

「分かりました。その代わり、薬草が近くにあればですよ。知らない遠い場所に行けとか言わないでくださいよ」

《遠いとダメかしら？》

「ダメに決まってるじゃないですか。ちなみにお伺いしますが、薬草があるのはどこですか？」
《魔大陸《またいりく》の森の民が住む場所に、毒によく効く薬草があるの》
「いや、どう考えても無理でしょ。よく知りませんけど、魔大陸ってことは別の大陸ですよね？あきらかに遠そうだし、どこなのかさっぱり分かりません」
《お前、さっき飛んでいたじゃない。飛べるってことは人ではないわよね？　それに、その体から溢れ出ている魔力は何？　いろいろと混ざり合っていてよく分からないけど、ものすごく濃密なものね。まあとにかく、飛べるなら往復で三日か四日もあれば行ってこられると思うのよ。ダメかしら？》
「いや、僕は人間ですから。人間とは違う何かみたいに言わないでください。それにさっきから言ってるけど、遠すぎて流石に無理ですね。ちなみに、どうしてそんな毒にやられたんですか？」
《人間に捧げられた酒と食べ物に毒が仕込まれていたようなの。途中で毒に気が付いて逃げたけど、毒が体にまわり、飛ぶことができなくなってしまったのよ》
「それは大変な目に遭われたのですね。とにかく、襲わないでくださいよ」
《襲わないと言ってるでしょ。私のことが信用できないの？》
「はい」
《あら》
「だって、会ったばかりですよ。それなのにどこにあるか分からない魔大陸に行ってこいとか言われてますし、信用する方がおかしいでしょ」
《確かにそうかもしれないわね》
え！　ずいぶん簡単に納得されるのですね。
《当然よ。私は話が分かる龍だもの》
その時、俺が頭で思った内容に、龍が受け答えしてきた。
ええ！　俺、声に出してないけど。なんで分かったの？
《当たり前でしょ。私は念話で話しているのだもの。あなたが頭で考えていることも私に伝わっているのよ》
……と思ってたら、それにも受け答えされてしまった。
念話って使ったことなかったんだけど、そういうものなの？
「そ、それはプライバシーの侵害ではないでしょうか？　俺の頭の中も勝手に読むなんて」
《そうかしら？　便利なものよ》
「それと、本当に襲わないですか？」
《くどいわよ。とにかく、このままでは困るの。急いで魔大陸に帰らなくちゃいけないの》
「はあ、分かりました。とりあえず信用します。ちょっと体に触りますけど、食べないでくださいね」
《分かったわ……本当に疑い深いわね》

「すみません、聞こえてます」
《あらいけない。念話を切ったつもりだったのに、繋がったままだったみたいね》
「癒しの魔法を掛けますからね」
《あら、癒しの魔法が使えるのね。あー、染み込んでくる。何これ？　普通の癒しの魔法とは質が違うように感じるわ》
龍が気持ちよさそうにしているのが、なんとなくだが伝わってくる。
「癒しの魔法を知っているってことは、以前掛けてもらったことがあるのですか？」
《かなり昔に、人間に掛けてもらったことがあるわ。ああ、ありがとう。おかげでかなり体調が改善されたみたい。だけど毒が体内に残っているせいで、うまく魔力が制御できないわ。この毒を排出しなければどうにもならないようね》
「ちょっと待っていてください。家に帰ってポーションと薬草を取ってきますから、どこかに行かないでくださいよ」
《行きたくても行けないわよ。飛び上がっても、こんな体調の悪さではすぐに落ちてしまうわ》
「そうなんですね、では」
俺は龍にそう告げて急いで村に帰る。
それから薬草畑の薬草と、ピンクスライムのポーションを袋に入れて戻ってきた。
《思っていたよりも早かったわね。どこまで行ってきたの》

龍が聞いてくる。

「村にある家ですよ。治っても来ないでくださいよ。みんなが驚きますから」

《そう？　驚いちゃうかしら？》

「大きな龍が飛んできたら普通は驚くでしょ」

《そうなの？　人間の家には行ったことがないから分からないわ》

「まあ、龍さんのサイズでは難しいでしょうね」

俺はそう言いつつ、薬草とポーションを取り出す。

「これは俺が育てている薬草と、毒にも効果がありそうなポーションです。治るかどうか保証できませんが、ひとまずどうぞ」

薬草とピンクスライムのポーションを、横たわる龍の口元に置く。

《ありがとう》

龍は薬草をむしゃむしゃと食べるが、体が大きすぎてすぐに食べ終わってしまった。

次にポーションを大きな爪《つめ》で持とうとするが、うまく掴めていない。何度も挑戦したが無理そうだ。

《蓋を開けることができないから、飲ませてはもらえないかしら？》

「すみません。飲ませてあげるべきでしたね。アーンと口を開けてください」

龍は言われた通り、大きく口を開けた。

俺はポーションの蓋をすべて開け、紐でひとまとめにして、ウイングスーツでホバリングしながら龍の口の中に流し込む。

龍はごくりと飲み込んだ。効果があればいいんだけど。

しばらく時間が経過すると、なんとなくだけど、龍は調子がよくなった様子だった。

《いいわね。一気に毒が分解されていくように感じるわ。これは魔大陸の薬草にもひけを取らない素晴らしい品ね。あと、先ほどの魔法をもう一度お願いできないかしら？　この辺りに頼みたいの。魔力が不足しているのよ》

龍が爪で指し示すお腹に、癒しの魔法を掛けてあげる。

龍は気持ちよさそうにしているが、なんだかいつもと違って、俺の疲れ方がおかしい。

もしかしてこの龍、俺の魔力を吸ってない？

そう考えていたら、龍がすかさず言う。

《気が付いちゃった？　ちょっと魔力が不足していたから、あなたから少しもらったの》

「少しとか量の問題じゃないんですよ、やめてください。だから信じられないって言うんですよ」

なんて怒っていたんだけど……あれ、龍の様子がおかしい。

なんだか辛そうなのだが、大丈夫だろうか。

龍はうーんと唸《うな》り、顔には冷汗が滲んでいる。それになんか顔が赤い。

もしかして、お腹が痛いのか？　なんて思っていると——

ポン。コロ。
そんな音と共に、龍から何かが生まれた。
出てきたものは、一メートル近い大きな卵のようなもので、色は乳白色だ。
「え。もしかしてこれ、龍の卵でしょうか？　大きいな」
《普通より大きいけど、卵で合っているわ。私が盛られた毒のせいで、この卵に注ぐ魔力が不足したので卵が今まで生まれなかったのだけど、さっきの魔法のおかげで今生まれたみたいね。でも困ったわね。私は急いで魔大陸に帰って、体を治したいの》
「卵は持って帰ればいいんじゃないですか？」
《この手では持てないわ》
「卵が入る袋を作りますよ」
《そもそも弱っているから、卵を持って空を飛ぶのが危険なのよ。落としてしまうかもしれないでしょ》
「では回復されるまで、この場所で養生《ようじょう》するしかないのでは？」
《いえ。子育てするには一度魔大陸に帰って、体力を完全に回復させる必要があるわ。だから魔大陸に行っている間、この子を預かってはもらえないかしら？》
龍にいきなり提案されてしまった。
「え。この子って、龍の卵を預かるってことですか？」

《貴重な体験ができていいでしょ？　龍の卵を預かるなんてなかなかできないわよ》
「仕方ありませんね。じゃあ預かりますから、早く体を治して取りに来てくださいよ」
しぶしぶ言ったら、龍がさらに要望を伝えてくる。
《もう一つ頼みがあるの。この子、少し弱っているように感じるわ。だから毎日一度、癒しの魔法を卵に掛けて、魔力を与えてあげてほしいの》
「え。それって卵が孵化《ふか》するまでやるんですか？　どれくらいで卵が孵化するのでしょうか？」
《孵化するまでの期間は分からないわ。私が魔力を注ぎ続けたら二ヶ月くらいで孵化するのだけど……まあ、とにかく一ヶ月以内には受け取りに来るから、魔力を注ぎ続けてね。取りに来る時にお礼をさせてもらうつもりよ。期待して待っていて、頼んだわよ》
龍は一方的にそう言うとよろよろと動きだし、南の空に飛んでいってしまった。一ヶ月くらいしたら村の側に来てくれるらしい。

その後、俺は一メートル近い大きさの卵を、身体強化魔法で抱えて家に帰った。

一瞬だけだけど、この卵でプリンを作ったらどのくらい作れるだろうかと考えてしまった。

しかしそんなことをすれば村が龍に襲われて壊滅することは間違いないので、絶対にやらない。

急に預けられたけど、卵は守り抜いて無事に返せるようにしよう。

ところであの龍、二十メートルくらいあったな。名前を聞き忘れたけど、どういう龍だったんだろうな？

あと毎日卵に癒しの魔法を掛けてやってほしいと頼まれたけど、一日何時間くらい掛け続ければいいか聞き忘れたな。足りなくて卵が魔力不足で死んでしまったら村がなくなってしまう。念を入れて、毎日一時間ほど掛けることにした。

しかし立て続けに問題が起きるな。ついに龍と念話しちゃったよ。いよいよファンタジーな世界になっているな。

ところで無事に卵を返せたら何がもらえるんだろう。期待しちゃうよな、相手は龍だからな。マイバイブルであるラノベのテンプレでいくと、鱗《うろこ》とかかな？　あとは、爪か牙《きば》あたりだろうか。でも期待しすぎて、落胆しないようにしないと。

「さあ、ご飯の時間ですよ。たーんと召しあがれ」

……などと考えつつ、俺は龍の卵に癒しの魔法を掛ける。

ちなみにうちの家族には、龍の卵を預かったことを話してある。村の人たちを怖がらせてはいけないと思い、家族以外にはこのことは伝えてないけどね。

龍の卵をサーシャに見せたら、卵を気に入り、落書きをしそうになって困っている。

ママ龍さんに卵を返す時に、サーシャの絵が描かれていたらビックリされるよね……と思っていたら、本当に落書きしてしまい、龍の絵が描いてある。

サーシャは絵本の龍を見ながら描いたのかな？

微笑ましくていいな……とかいう問題ではない。ホントやめてよね。消すの大変なんだから。

でもちょっと描いてみたくなるのは分かる気がする。エッグアート？　イースターエッグ？　だっけ？　絵を描くのは楽しそうだ。

でも他の卵でやってほしい。この卵はダメです。

あと、俺は頼んでいないんだけど、最近はなぜかベスが卵の見張り番をしてくれている。

頼むよ、ベス。サーシャの落書きも注意してくれ。

□　□　□

そんなこんなで、日々が過ぎた。

ハイルーン村の屋敷の自分の部屋に卵を置いて、毎日癒しの魔法を掛けていたところ、弱々しかった卵にだんだん魔力が増加しているのが感じられた。

ただ、卵の中に魔力の気配を二つ感じるんだよな。そういう特殊な龍なのかな？　なんて思っている。

そういえば今日で魔力を注いでから二十五日目だな。

ママ龍さん、早く帰ってきてほしい。待っていますよ。

ピシ！

そんなことを思いながら癒しの魔法を掛けていたら、卵にヒビが入った。

預かった卵を壊してしまったのか？　と焦る。このままでは怒ったママ龍さんが暴れて、村がなくなってしまう。

ヒビはさらに広がりだす。

俺は慌てて癒しの魔法をさらに強め、卵を修復しようとする。

そんなことをしていたら卵の欠片《かけら》がポロリと落ち、中から目が覗いていた。

なんだ、孵化だったのか。早く孵《かえ》ってほしいとは思ってないんだけどな。

それにまだ魔力を注ぎ始めて約一ヶ月経過していない。ママ龍さん、話が違いますよ。

さらに卵にヒビが入り、ついに完全に割れてしまった。

中からチビ龍が二匹顔を出す。一つの卵の中に二匹入っていたみたいだ。

ちなみにだけど、鶏の卵に卵黄が二個入っていても、一つの卵から二羽の雛《ひな》が孵ることはないらしい。そんな鶏の卵ではあり得ない二匹の雛ならぬチビ龍が俺を見ている。いや、一匹はベスを見ているかな？

それにしても、これは反則級にかわいらしいな〜。

チビ龍は卵の大きさの割に、体のサイズが小さい。それに体の色がママ龍さんと違って白銀色ではないな。一匹は緑、もう一匹は赤だ。大きくなると親と同じ色に変わるとかだろうか？

これ以上大きくなると卵の容量的に限界なので、早めに出てきたのかもな。だから卵を割る力も

弱かったのか。

《《ママ、ママ》》

俺の頭の中にそんな声が聞こえた。どうも二匹のチビ龍の声みたいだ。

俺は君のママではありませんよ。ママはもう少ししたら迎えに来てくれますからね。それまでいい子にしておきましょうね。

チビ竜を見つめながらそう考えるが、伝わってないらしい。

《《ママ、ママ》》と相変わらず鳴いている。

ギャオギャオという鳴き声が耳に届くが、頭の中では鳴き声が変換され、《《ママ、ママ》》と聞こえてくる。これもたぶん念話なんだろうな。

チビ龍が鳴いてるのは、卵から出ようとしているがなかなか出てこられないからみたいだ。

仕方なく手伝うことにして、卵の殻《から》を割ってあげる。

うーん、しかしどうして鳴いてるんだろう。食べ物が欲しいとか？　というかチビ龍の餌って何？　ミルク？　肉かな？

分からないので両方与えてみることにする。

お皿に入れて小さな龍の前に置いてみたら、ミルクを舐め始めた。

よかった。飢え死にはさせなくて済みそうだ。

しかしこれ、本当に迎えに来てくれるんだよね？　捨て龍とか勘弁してほしい。

というか、いつまでもチビ龍だと分かりにくいな。そう思って仮に緑の方を『チビ』、赤い方を『ベビ』と呼ぶことにした。

でもあくまで暫定的《ざんていてき》に呼ぶだけだからね。俺は名付けはしてませんよ。

ラノベの定番では、名付けで契約が発生するとかいうのがあるので、名付けなんて危ないことはできないよな。

《《ママ、ママ》》

う～ん、俺の名前はママではないし、男だからそこはパパだと思うんだけど。

それに八歳でパパはおかしすぎる。君たちの本当のパパはたぶん、魔大陸にいると思います。

しかし、困ったな。ママ龍さん、早いところ迎えに来てください。

《ママ龍さん。お子さんたちがお待ちです。こちらの迷子センターでお預かりしてますよ》

届くとは思えなかったが、そう念話してみる。

そう、届くとは思えないけど。と、思っていたら……

《卵を受け取りに来たわ》

おーーー、噂（念話）をすればなんとやら。ママ龍さんの声がした。

どこにママ龍さんがいるのかは分からないが、俺の念話は届いたみたい。もしかして、偶然近くに来ているのかな？

そう考え、身体強化魔法で聴力をアップして聞いてみると、村が大変な騒ぎになっているのが分かる。急いでテラスに出て外を見たところ、村の上空をこの前のママ龍さんが飛んでいる。かなり回復されたようですね。

魔力鑑定眼を発動させると、魔力も復活してるみたいだ。

ちなみに慌てふためいている村の人たちは、お父様とお母様が対応して落ち着かせていた。

俺はベビとチビを両脇に抱え、屋敷のテラスからホバリングして庭に降りる。俺の後を追って、ベスがテラスから飛び降りてくる。

流石チート犬だな。

なんて思っていたら、上空を旋回《せんかい》していた巨大なママ龍さんが、我が家の庭に降りてくる。

庭が広くてよかったな。マシューさんに感謝しないと。

《お世話になっちゃったわね。卵を受け取りに来たわよ……って、両脇に抱えているのは私の子たちかしら？　孵化したの？》

ママ龍さんが念話してくる。微妙に戸惑っているように感じた。

「そうなんです、孵化したんです。チビ、ベビ、本当のママが迎えに来てくれたから帰ろうな」

抱えていたチビとベビをそっと下に降ろして、ママ龍の方へ行くように促す。

チビとベビは、ママ龍さんの顔と、俺の顔を交互に見ている。

そしてベビは俺の足に、チビはベスの足に体を擦りつけてくる。

《《ママ、ママ》》

「いや、ベビとチビのママはあっちですよ」

俺はそう言いつつ、ベビの顔を両手で挟んで、ママ龍さんを見せる。

ベスもチビの顔を前足で器用に挟み、ママ龍さんの方を見せている。

顔を横に振り、イヤイヤをするベビとチビ。

俺は困ってしまい、ママ龍さんに頼む。

「あのー、ママ龍さん。お子さんたちを連れて帰ってもらえないでしょうか？」

《うちの子たちが迷惑かけたみたいね。あなたのおかげで毒も抜けて元気になれたわ。卵を持って帰ろうと思って袋も準備してきたんだけど、生まれていたなんて驚いたわ。それも二匹だなんて！　普通なら二卵性の卵は育たないわ。栄養を奪い合い両方とも死んで生まれてこられないのよ》

あのー会話が繋がってませんよ、ママ龍さん。連れて帰らないんですか？

「俺も驚いてます。とにかく迎えに来てもらえてよかったです。連れて帰って、早くパパ龍さんを安心させてあげてください」

《それなんだけどね、龍の子は最初に見た者を母親と思う習性があるの。これは簡単に直すことは難しいのよ》

「えっ。それって鳥が卵から孵って最初に見た者を親だと思ってしまう『刷り込み』と同じことが起きてるんでしょうか？」

《『刷り込み』？　その言葉は初めて聞くわ。でもそのようなものかしらね。龍の知能は高いから、いずれはあなたがママじゃないと理解してくれるはずだけど。それにしても、あなたが良質な魔力を与えてくれたから、栄養不足にならずに無事に生まれたんでしょうね。普通なら栄養不足でどちらも死んでるわ。この子たち、大きさは普通の龍の半分ほどだけど、驚くほど魔力量を持っているのが感じられるのよ。なんだか特殊な龍に育ちそうな予感がするわ》

「特殊な龍？　お前たちよかったな。ほら、ママが迎えに来てますよ」

俺はママ龍さんの話を適当に聞き流しつつ、とにかくチビとベビを帰らせようと、二匹を促す。

とりあえずベビを抱えてママ龍さんの近くに置いてみた。

しかし、ベビは俺の後を追って戻ってくる。チビもベスにまとわりついている。

《《ママ、ママ》》

「……すみません。こんなことになってしまって」

なんとなくママ龍さんに謝る俺。

《いえ、気にしないで。とにかく、二卵性この子たちが無事に生まれたなんて奇跡だわ。この子たちが、あなたをママだというのも間違っていないわよ。あなたが迷惑でなければ、もう少しの間預かってもらえない？》

「え！　あの……大変言いにくいんですが、迷惑です」

「わー、龍の赤ちゃんが二匹も生まれているのです。かわいいのです」

俺がきっぱり言った直後、サーシャが走ってやって来てチビとベビを撫でる。

チビもベビもサーシャを嫌がっているように見えない。刷り込みの話はどうなったの？

「アルお兄様、新しい家族ができたのです。サーシャは大事に仲よくするのです」

「いや、サーシャ。よそのお子さんだからね。早く返して」

「やーなのです。サーシャのものなのです。絵本に出てくる龍さんなのです」

サーシャが地べたに座り、チビとベビをぬいぐるみのように両脇に抱える。

チビとベビは大人しくしてるけど、二匹ともなんで嫌がらないんだろうか？

「サーシャ、ダメだから。ママ龍さんも困っているよ」

しかしそんな俺の言葉を無視し、ママ龍さんは預ける前提で話をしてくる。

《じゃあ、あなたに預けていくからお願いしたわよ。主食はお肉だけど、あなたの癒しの魔法も与えてね。あと、これは約束のプレゼントよ。龍の鱗と爪と牙よ、受け取って》

袋をもらい開けてみたところ、龍の鱗と爪と牙が入っていた。わーい欲張りセットだ。

本当ならこの袋に卵を入れて帰る予定だったのかな。

「こんなにたくさん、ありがとうございます」

迷惑だけどいちおうお礼を言って頭を下げた。

《喜んでもらえてよかったわ。食費が大変だと思うからこれを売って足しにしてね。次回迎えに来る時にも何か別のプレゼントを持ってくるわ。ああ、それから我が子たち、大きくなったらママが迎えに来るわよ。それまでいい子にしていてね》

ママ龍さんは俺たちにそう言うと、南の空に飛んでいった。

「ママ龍さんカムバッーーーク！　大きくなったらって何年後なんですかーーー？」

俺は精いっぱい叫んだが、ママ龍さんは振り返ることもなく飛び去ってしまった。

後ろを見るとチビとベス、ベビとサーシャが非常に仲よくじゃれ合っている。

どうしようこれ。また新たな問題を抱え込むことになってしまったよ。

その直後、少し離れた場所で様子を窺っていたお父様とお母様がやって来た。

「アルフレッド」

「アル？」

二人とも、そんな目で俺を見るのはやめてください。視線が痛いです。そして、俺の胃も痛いです。

チビとベビかわいさに、サーシャだけは絶好調の様子でルンルンだな。

そんなこんなでこの日、我が家に新しい家族？　ではなくて住人？　違うな。住龍二匹が増えた。

□□□

そして数日が経過した。俺は相変わらず、屋敷でチビとベビの子育て中だ。

『チビ』『ベビ』という名前は俺が便宜上使ってるだけ……というつもりだったのに、二匹とも呼ぶと反応するようになってきた。大きくなって他の名前に変えられるか心配になってきたぞ。

というか、大きくなる前に早く迎えに来てほしいんだけど。

この子たち、ママ龍さんと同じ大きさになるなら二十メートル以上になるんだよね？　どこに住むんだよ？

あー、どうしてこんなことになってしまったんだ？　俺のトラブル体質は健在みたいだ。

《ママ、ママ》

なんて考えていると、ベビが鳴き始めた。

「はいはい、お腹が空いたのかな。赤ちゃんならミルクかな？」

《ママ、ママ》

ママ役も大変だな。ミルクを買いに行ってこなければ。

あれ？　でもよく考えたら、爬虫類《はちゅうるい》は授乳しないから、龍はミルクじゃないか。ていうかママ龍さんから、主食はお肉と言われたんだったな。

家のシェルターの地下に保管庫があり、少しだけど猪のお肉が取っておいてある。なので龍たちのために、猪肉を準備した。

喉に詰まらせるといけないので、細かく切ってナイフで叩くと、粗挽《あらび》きミンチ状態にできた。

「はい、お肉だよ。お口を開けて、あーん」

俺は土魔法で作った箸《はし》で肉をつまんで、ベビの口に入れてやる。

ゴックン。

ベビは肉を器用に咥え、飲み込んでいく。

こうやって肉を与え、最後に癒しの魔法をかけてやり食事は終わりだ。

《ママ、ママ》

「はい、お口の周りを拭きましょうね。ハイハイ、噛んではダメだよ。ママのお手手が痛いでちゅからね」

いけない。赤ちゃん言葉になってしまった。《ママ、ママ》と言われて完全に洗脳されかけている。

恥ずかしくなりすぐに周囲を見まわす。よかった、サーシャはいないみたいだ。


食事が終わり、遊びだすベビ。

ベビは完全に刷り込みが発生してるみたいで、全然俺から離れない。

一方チビは、ベスやサーシャもママだと思っているようだ。刷り込みであれば、最初に見たものを親だと認識するはずなんだが……変だな。

前世だったら、研究結果をレポートにまとめて発表したらおもしろかったかも。

いや、それよりこの反則的なかわいさを、動画配信した方がよかったかな。チャンネル登録者数なんて、一日で一億人突破もできそう。

いや、ダメか。動画にはこの念話による《ママ、ママ》って声が録音はできないからな。録音されるとしたらギャーギャーという鳴き声だから、かわいさがダダ下がりだ。

そんなことを考えているとベスがチビを連れてきた。

「ベスよ、ママっぷりが板についてきたな。お前、そのうち二本足で歩きだして、箸を手に持って自分で肉を食べさせるんじゃないか？」

ん！　ベスが今、俺と目を合わせて逸らしたな。お前、いよいよ怪しいぞ。絶対に俺の言ってることを理解しているよな。

《《ママ、ママ》》

なんて思ってたらチビたちがいつものようにギャオギャオうるさくなったので、二匹の口に粗挽き猪肉を箸で入れてやる。

「よしよし、おいしいか？　いっぱい食べて早く大きくなってパパとママのところに帰れよ」

いくらかわいいといっても、ここは人間のいるところで本来の龍の生息地ではないからな。できることなら本来の生息地で暮らす方がいいと、俺は思っている。

それにしても、さっきのベスは怪しかったな。

なんかベスって俺の言っていることを理解してるように思えることがあって、ずっと変だなと思ってたんだ。

「あれ！　ベスの頭の上にゴミが載っているぞ。取ってやるからちょっとこっちに来い」

俺はベスを試すためにそう言ってみる。
その直後、ベスが近付いてきて、俺の前に頭を出した。
「犯人確保。なあベス。お前、俺の言ってること理解できるだろ」
そう言ってベスを捕まえると、突然声がする。
《ベスママをいじめないでダォ》
「え。誰？」
下を見たら、俺の足をカミカミするチビと目が合った。
「え、今の声ってチビなのか？」
《チビダォ》
「お前、もうしゃべれるようになったのか。すごいな」
《えっへん。すごいダォ。ベビもしゃべれるダォ。ねー、ベビ》
チビがベビに念話で語りかけると、ベビも念話で話し始める。
《あーチビ、バラしちゃったなノ。ダメだよ。バラしちゃダメなノ。ねー、ベスママ。チビをメッて怒ってなノ》
《チビはベスママが念話できるとか言ってないから大丈夫ダォ。メッてされるのはベビの方ダォ。ねー、ベスママ》
ん？　これ言質《げんち》取れたんじゃない？

チビたち二人の会話によると、やっぱりベスは言葉を理解してるんだな。ていうか、念話まで使えるのか？

「そうだろうと思ったんだよ。ベス、もう言い逃れはできないぞ。観念しろ。チビとベビが動かぬ証拠だ。いや動くけどな。この証人が……いや、人じゃないな。動く証龍がいるのだぞ。これで事件は解決だな」

《アルフレッド様、そもそも事件ではないですよね。もー二匹とも、ダメだよ。念話できるって教えちゃ》

俺が指摘すると、ベスが長いこと隠してた割にはあっさりと念話で話し始めた。

「なあベス、お前ってそんなにハイスペな犬ってことは、もしかして神獣《しんじゅう》なのか？」

ベスに尋ねると、どう答えようかと悩んでいる様子だ。

するとチビとベビが口を挟む。

《ベスママ、言っちゃダメだォ。ベスママが神獣だってことは》

《あーチビ、バラしちゃったなノ。ダメだよバラしちゃ。ねーベスママ》

チビとベビの口ぶりからすると、どうやら本当にベスは神獣っぽいな。

「なーベス。二匹が、お前が神獣だと教えてくれるのだがどうしたらいいんだ？　なんか訳ありみたいだから、他の人には黙っておいてやるけど」

俺がそう促したら、ベスが念話で話す。

《アルフレッド様。ありがとうございます。黙っておいてくださいね。バレたらここにいられなくなるかもしれないので。アルフレッド様がくれる美味しいものが食べられなくなってしまう》
やっぱり俺の言葉が分かってたし、しかも神獣（？）だったんだな、ベス。
「なー、ベス。ずっと気になっているんだけど。その犬の毛皮って着ぐるみなのか？　どうやって脱ぐんだそれ」
《これは着ぐるみではないです。自前です》
「そーだよな。あとお前、大きさも変えられるよな？」
《そうですね。大きさを変化させられますよね。でも変えちゃダメだって言われてます》
「誰に？」
《それは……訳ありで言えないんです》
へー、本当に訳ありなんだな、ベス。
「そうなのか。まあとにかく、今までいろいろベスが陰で助けてくれてたってことだよな？　ありがとな」
とりあえずそうお礼を言っておく。
「しかし、ベスに大きさを変えちゃダメって言ったのって誰なんだ？　気になるなー。教えてくれたらベスが食べたいものあげちゃうよ？」
《アルフレッド様、本当にやめてください。帰らされてしまいます》

《アルママ、ベスママをいじめないでダォ》
ベスよ。お前のかわいいチビがかばってくれているぞ。
「ごめんごめん。いじめていないよ。ベスにもお肉焼いてあげるからね。何味がいい？」
《では、ジンジャー味のステーキをお願いします。あれは美味しいです。唐揚げも好きです。ミーノータウロスは最高でした。ここに来られて本当に幸せです》
「どっから来たの？」
《……い、言えないです。言ったら帰らされます》
そう答えるベス。
「ごめんごめん。じゃあ聞かないでおくよ。お肉焼いてくるから、チビとベビと遊んでいてね」
《分かりました》
《わーい。ベスママ。背中から尻尾にすべるやつがやりたいダォ》
《チビ、ズルいノ》
俺がベスに遊んでいてねと言ったとたんに二匹がベスにじゃれつく。
お！　これならこれからは、ベスに二匹とも任せられそうだな。
そんなことを思いながら猪肉を取りに保管庫に向かう。
そして三十分ほどでベスのご要望のジンジャーステーキも作り、届けに行く。

しかし、俺の部屋に着いてみたらベスの様子が……
ベスよ大丈夫か？　何があったんだ。少ししっぽの先の毛が焦げていないか？
というか……
《誰だ、家の中で火を使った奴は》
《アルママ、ごめんダォ。ベスママの背中から尻尾に滑るやつをやっていたら、口からぼっと火が出ちゃったダォ》
《えぇ。家が燃えると困るから気を付けてよね。今度火を吹いたらこの家では暮らせないからそのつもりで》
《分かったダォ……》
《チビ、まだ火の扱いが難しいノ。ベビも苦手なノ》
物騒だなあ、チビもベビも……
《なあ、ところでお前たちのママはなんの龍なんだ？》
《えーベビのママはアルママなノ。だからなんの龍とか言われてもよく分からないの》
《チビのママはベスママで、神獣ダォ。でもアルママもママダォ。アルママの魔力は、卵の中にいた頃からずっと美味しかったダォ》
そんなこんなでひと騒動あったが、チビ、ベビ、ベスの食事が終わった。
その後、調べてもらっているカイルお兄様の居場所が判明したかどうか、王城へ聞きに行こうとしたんだけど、ベビが放してくれない。

ベスにチビとベビを頼んで飛ぼうとしたんだが、《置いていかないで、ママ》と言って泣き叫ぶのだ。

ベビの声は頭の中に直接響くため、泣き叫ばれるとキツイ。

これではいけないと思い、その後サーシャにも協力要請をしてそーっと部屋から出ようとしたのだが、ダメだった。少し距離が離れると気付かれてしまう。

俺は非常に嫌な予感がしている。こんなにすぐバレるってことは……これは、やらかしたのか？

こういうのが嫌だから名付けはしないって思ってたのに、俺とベビは結局、魔力か何かで繋がっちゃったのだろうか。

身体強化魔法で魔力鑑定眼を最高レベルまで研ぎ澄ませ、魔力の流れがどうなっているか確認する。すると……え！

奥様、なんということでしょう。俺から三つも魔力の流れが出ていますよ。どこに繋がっているか辿《たど》ってみましょう。

ベビは予想していたが、残り二つは誰なのかな？　まあ、予想はできるけど。

辿ってみると、やっぱりチビとベスに繋がっていた。

なんて恐ろしいことでしょう。これでは俺の魔力を搾取《さくしゅ》し放題ですね。

《ちょっとベス、なんで俺と魔力が繋がってるんだ？　説明してくれる？》

《繋げたのは私ではないですから。信じてください》
ベスが戸惑いながらアピールをしてきた。
この魔力の繋がりって、ラノベテンプレだと『パス』とかいう名前だよな。
《なあベス、この繋がりって『パス』で合ってる？　誰が繋げたの？》
《……言えないんです。言ったらここにいられませんから》
《仕方ないな～。ところでベス、俺の魔力は美味しい？》
《とっても》
《そう？　龍たちだけじゃなく、お前も俺の魔力を搾取していたなんてな》
ベスはすまなそうな顔をしている。
《アルママ、ベスママをいじめないでダォ》
チビがそう言って口を挟んできたので、注意する。
《はー。チビも同罪だからね。チビも繋がってるから》
《知ってるダォ。アルママの魔力は最高に美味しいダォ。ちょっとだけだから大丈夫ダォ》
《チビ！　黙って人のものを取るのはダメだよ。犯罪だよ。いいね》
《ごめんだォ。アルママちょうだいダォ》
チビは座って両手を組み、お祈りしているようなポーズで言ってくる。かわいい。
《いいよ。今度からちゃんと言ってね》

《分かったダォ》
素直にコクリと頷くチビ。かわいい。
《ベビもだよ。私は関係ありませんみたいに静かにしてるけど、ベビとのパスが一番太いからね》
《ちょうだいなノ。ママ》
ベビも座って両手を組み、お祈りしているようなポーズで言ってくる。そして最後にコテッと首を横に倒した。
なんだこの破壊力は。ベビちゃん、かわいすぎます。
《ベビちゃん？　誰に習ったのかな？　その反則的なコテッと顔を横に倒すやつは？》
そう尋ねると、ベビはベスの方を見ている。
《なるほど。指導者はベス、お前なのか？　まあ、パスの繋がりはどうにもできそうにないけど、ベビがかわいかったので許すよ》
俺が許すと言ったのでベスがほっとしているのが伝わってくる。これはパスが繋がっているせいで相手に気持ちが伝わりやすいのかもしれないな。
で、パスが繋がったのは分かったけどベビをどうしよう。結局置いていくと泣きわめくのはそのままだよな。俺、行きたいところがあるんだが。
「アルお兄様、さっきから黙ったままでおかしいのです」
そう考えていたら、無言のまま俺たちの様子を見ていたサーシャが変な顔をしている。

ジンジャーステーキを持ってきたら部屋にサーシャがいたので、チビ、ベビ、ベスとは念話でやり取りしていたんだが、サーシャは俺が黙ったままなのを不審に思ったようだ。
「ごめんごめん、ちょっと考え事をしていたんだ」
俺はサーシャに言いながらベビと念話を続ける。
《ベビちゃん。ママは行かないといけないところがあるので、いい子でサーシャお姉ちゃんとベスママとお留守番をしてもらえませんか？》
《いやーーー。ベビもママと一緒に行くノ》
ダダをこねてくるベビ。
拗《す》ねて火を吹かれても困るし、仕方ないな。
そう思って俺は、ウイングスーツのお腹に大きなポケットとボタン数個、それと命綱として紐を縫いつける。二時間ほどでベビを入れるポケットが完成した。
ベビたちが自力で飛べるようになるまでは、こうやってポケットに入れて一緒に行くしかないだろうな。
《ベビちゃん、お約束してくれるかな？　ママがいいって言うまでポケットから顔を出さないでよ。お約束できるなら連れていってあげるよ》
《ママ、約束するから連れてってなノ》
《分かった。ベビちゃん約束守ってね。それじゃあ、ポケットに入ってくれる？》

ベビがテトテトと歩いてきて、ウイングスーツのお腹に作った大きなポケットに頭から入る。ベビは中でくるっと体の向きを変え、頭を出した。
まるでカンガルーの母親になった気分だ。
しかし今はいいけどすぐにポケットに入らなくなりそうな気がするな。ベビが顔を出した状態でボタンをとめ、飛行中に落ちないようにベビに紐を結びつける。
準備ができたので外に出て、跳びはねたり、軽く空中を飛んだりしてみる。
うん、これならベビを落とすことはないだろう。
しかしこのただでさえダサくて奇妙なウイングスーツにポケットがつくと、見た目が完全にフクロモモンガだな。俺を見た人はどんな風に思うのだろうか？
それに籠って普通に暮らしてたら会うことはないだろうから、ベビにはポケットから顔を出さないようにさせないと揉め事になりそうだ。
《ベビ、他の人に会う時に顔は出さないでよ。いいね》
ベビにお願いするとギャオギャオと鳴きだす。
《いやーーー！　ベビもお外が見たいノ》
《言うことが聞けないならお留守番だからね》
《いやーー！　それはダメなノ》
《顔出すと揉め事になって、一緒に住めなくなるよ》

《えー！　それはもっと嫌なの。分かったなノ》
いちおう納得してくれたらしく、ベビが大人しくなる。
聞き分けてくれたので、飛んでいる時は顔は出してもいいことにした。
さて、じゃあ王都の騎士団に行ってカイルお兄様の居所を聞きに行こうかな。お土産には定番のハニーカステラとふわふわパンケーキを買っていこう。
いや、その前にお土産を持って、ポートの港町に行き、魚をゲットしようかな。陛下も魚が食べたいと言っていたし、今度こそお祖父様たちにも魚を届けたい。
「いってくるからね。サーシャ、チビのことはお願いね」
《ベスもサーシャとチビのことを頼んだぞ》
サーシャには普通に話しかけ、ベスには念話でそう伝えた。
「任せてなのです。気を付けていってきてほしいのです。お土産も待っているのです」
《任せてください。アルフレッド様》
サーシャがそう言い、ベスは念話で返してきた。
《ベビ、帰ったらお話聞かせてダォ》
《チビ、任せておいてなノ》
チビとベビも念話でそう会話していた。しかし、一度に念話されると混ざって聞こえるから辛いな。

俺はベビをポケットに入れ、カーゴウイングと共に飛び立つ。眼下には手を振るサーシャと、取れてしまいそうなほど尻尾をブンブンと振るベスが見えた。

15 ベビちゃんとの旅

こうして、飛び立ってしばらく経った。王都のハイルーンのスイーツ店を目指している俺はマルベリー公爵の町を通りすぎた辺りを飛行している。

《ママ、速いノ。すごく気持ちいいノ。早くベビも自分で飛べるようになりたいノ》

ベビは、ポケットから顔だけ出している。初フライトがお気に召したみたいだ。

《そうだね。ベビもいっぱい食べて大きくなればすぐに飛べるようになると思うよ》

《ベビ、いっぱい食べて大きくなるノ。そして、自分で飛ぶノ》

《そうだね。早く自分で飛べるようになるといいね。そうすれば魔大陸まで飛んで帰れるようになるね》

《いやーーー！　魔大陸なんかには帰らないノ。ママと一緒にいるノ！》

ベビは俺から離れたくないらしい。パスを通してご機嫌斜めな気持ちが流れ込んでくる。

《今はいいけどね。いつまでも一緒は無理だと思うよ。ベビは大きくなるし、ここは龍の住む場所

じゃないからね》
《いやーーー！　ベビはママと一緒がいいノ！》
ベビの声が念話で頭の中に響く。
《そうだね。ベビがこのポケットに入れる間だったら一緒に行動できるかな》
《やだーーー！　大きくなってもママと一緒がいいノ》
今度はベビの離れたくないという気持ちが伝わってくる。俺はとりあえず魔大陸に帰ってほしいという話はやめておくことにした。
《分かった分かった。でも人間の世界は危険がいっぱいだからね。いい人ばかりとは言えないから気を付けて》
《分かったなノ。でもママが守ってくれるから心配はいらないノ》
そう返事をするベビ。ベビの気持ちが少し落ち着いてきたように感じる。
《うーん。今は守れるけれどさ。これからもずっと守り続けるのは難しいと思うよ》
だってベビが大きくなったら、俺なんてパクリッて食べちゃうくらいのサイズになるもんね。
《大丈夫なノ。大きくなったらベビがママを守るノ》
ベビちゃん、なんていい子なんだ。ママは涙が出てくるよ。

そんなことを話しているうちに……

《おっと。ベビちゃん、王都に到着したよ。ではハイルーンのスイーツ店に行こうね》
《はーいなノ。ちゃんと隠れておくノ》
王都のマシュー商会本店の裏庭にカーゴウイングを着陸させてもらう。
それから急いでハイルーンのスイーツ店に向かい、各所へのお土産用のハニーカステラとふわふわパンケーキを買ってきた。
店員さんから聞いたところ、現在プリンが売れているらしい。まだまだ卵が不足していて、需要に対して生産が追いつかないため、毎日行列ができてすぐに売りきれになってしまうとのこと。買えない人からクレームが出たので予約制にされたそうなんだが、予約は数ヶ月先まで埋まっている状態らしい。現在はハイルーンの幻のプリンと言われ、購入できた人は幸せになるとまで噂されているとのこと。
これは養鶏場を急いで拡大した方がよさそうだな。
ちなみに買い物中も、ベビはポケットの中でいい子にしてた。これならこのまま一緒にいても、気付かれることはないだろう。
《ベビちゃん、いい子でしたね》
《えへへ、ママに褒められたノ》
その後、マシュー商会の裏庭から飛び立ち、港町ポートの仕事斡旋ギルドに向かう。

今は飛行中なので、ベビがポケットから顔を覗かせている。楽しんでいる気持ちがパスを通して伝わってくるな。

鳥や魔物が飛んでいたらベビに名前を教えながら、ポートの仕事斡旋ギルドに向かう。

飛んでいて地上に見えた魔物は、ゴブリン数匹、オーク数匹、それに多くはないが魔蟻がいた。

魔蟻は十数匹しか確認できなかったので、前みたいにスタンピードが起きたってわけじゃなさそう。でもスタンピードの大暴れで苦しめられた記憶があるので、申し訳ないが討伐させてもらうことにする。

魔蟻がいたのが森の中でなければ火の魔法で一度に焼いたんだが、火災になるといけないのでやめておいた。棒手裏剣をお腹に突き刺すことができたため、そのうち死ぬと思う。

ゴブリンとオークについては、見かけた場所が町や村から離れていたのでそのまま放置することにした。

人に悪さもしていない様子だし、無駄な殺生はできるだけしたくない。ただ村や町が襲われる可能性があるなら、討伐させてもらうけどね。

そのうちにポートの港町が見えてくる。

しかし、着陸どうしよう。通りに人がたくさんいるから、カーゴウイングを使っていると危なくて着陸できそうにない。

なので通りから少し離れた安全な場所に着陸し、カーゴウイングをそこに置いておくことにする。
《ベビちゃん。着いたよ》
着陸した後にそう声を掛けたんだけど……あれ？　ベビから返事がない。気持ちよくて寝てしまったのかな？　まあ寝ていてくれれば、ベビの存在が人に知られることはないから、それはそれでいいような気もするけどね。

というわけで俺は約二ヶ月ぶりに、港町ポートの仕事斡旋ギルドにやって来た。

「すみません。アルフレッド・ハイルーンと申します。ギルド長さんいます？」

「よくおいでくださいました」

そう受付で挨拶すると、職員がギルド長の執務室に案内してくれた。

執務室に入るとギルド長のゼルドさんと、職員のジョンさんがいる。

「ギルド長さん、お久しぶりです」

「アルフレッド様、よく来てくれましたね。待っていました。海竜の魔石についてなんですが……送ると言っておきながら送ることができていませんでした。誠に申し訳ありません」

ギルド長さんが酔っぱらってないのが新鮮だな。言葉遣いも丁寧すぎて似合っていない。

あまりに新鮮すぎて、ついまじまじとギルド長さんの顔を見てしまった。

「おい、俺の顔に何かついているか？」

ギルド長さんが、ジョンさんに確認する。

「いえ、目鼻口以外はおかしなものはついていませんよ。珍しく素面《しらふ》だからじゃないですか？」

「おい、目鼻口がおかしいってどういう意味だ!?　……じゃなく、あの時は酔っていて申し訳ない」

ギルド長さんが謝ってくる。

「ギルド長、今日はえらく素直ですね」

ジョンさんがギルド長さんをいじっている。

「うるさい！　それでアルフレッド様、今日はどんなご用件でしょうか？　お聞きしてから俺の話をさせてもらいたいのですがよろしいですか？」

「そうですね……あ、その前にこれ、お土産のハニーカステラとふわふわパンケーキです。召しあがってください」

「ふわふわパンケーキを食べさせてくれるのか！　嬉しいな！　おい、皿と飲み物を頼む。アルフレッド様にはジュースを出してやってくれ」

ギルド長さんが急に元気になり、言葉遣いも普段通りに戻った。念願のふわふわパンケーキが食べられるので嬉しいんだろうな。

ふわふわパンケーキと飲み物が来たところで、俺はギルド長さんに話を始める。

「まずポート公爵の領地の近くで魔蟻を見たので報告しておきます。他にもゴブリンとオークがいましたが、こちらは危険はないかと思います」

「分かりました。ポート公爵にも報告いたします」

「すみませんがお願いします。そして他の場所にもお土産を届けたいので、用件を済ませたらいったん失礼します」

「分かりました。それでご用件というのは、海竜の魔石のことですか？」

「いえ、魔石もですが、魚を買いたいんですよ。魚を欲しいと言っている人たちにこれから届けたくて」

「魚ですね。おい、聞いたな」

「はい。もう準備に行かせました」

ギルド長さんがジョンさんに尋ねると、すでに手配済みだったようだ。ジョンさんは素早いな。

しかし魚が用意できるってことは、海竜を討伐してから、漁に出られて魚も獲れるようになったってことだな。よかった。

「あ、ギルド長さん。魚はおいくらですか？　お金はちゃんと払います」

「代金を受け取ることはできません。あなたがどれだけのことをしてくれたと思っているんですか。相当な大金ですからね」

ギルド長さんからすぐに受け取り拒否されてしまった。

「いやでも、ちゃんと代金をお支払いしないと。それとそのしゃべり方、変なので普段通りでいいですよ」
「助かります。それでは普段通りでいかせてもらいます……ばかやろう。お前は魚の代金以上の対価を支払い済みだと言っているんだ。そうだ、もう一つ渡すものがあるんだ。海竜の体内から大きな『龍涎香《りゅうぜんこう》』が見つかったんだ。これは王都で売れば驚きの値段だぞ」
龍涎香というと、超高級な香料の原料だよな。確かクジラの体内から取れるという……
そんなことを思っていた時、ベビがお腹のポケットの中でごそごそと動きだした。起きたのかな？
《ベビちゃん、気付かれちゃうから動かないで》
俺は注意するが、まだベビはまだごそごそしている。
《ママ、おしっこなノ》
《え！　それは一大事です。ベビちゃん待ってよ》
汗汗です。
「すみません。トイレ貸してもらえますか？」
「そこの右手の奥にありますよ」
ジョンさんに教えてもらったトイレに急ぎ、間に合いました。
《ベビちゃん。よく言えたね。お利口さんだね。また言ってね》
《えへへ、ママに褒められたノ》

その後ギルド長さんの部屋に戻ると、ギルド長さんの視線が俺のお腹に釘づけになっている。

ギルド長さん、もぞもぞ動くお腹が気になりましたか？　もしかしてベビがいるとバレた？

「アルフレッド様、お腹は大丈夫ですか？　何か悪い物でも食べられたのですか？　海竜の血を浴びられたのがよくなかったんですかね……もしかして寄生虫とかがお腹の中にいませんか？　さっきからお腹がごそごそ動いているように見えるのですが」

ギルド長さんが矢継ぎ早に聞いてきた。

「寄生虫ではないですから、大丈夫です。ご心配をおかけしました」

なんて言ってるうちに、またお腹がもぞもぞしだした。

《ベビちゃん、気付かれちゃうから動かないで！》

《ベビは寄生虫じゃないノ》

俺が注意するのも聞かず、ベビはポケットから顔を覗かせた。

「うわーーー、腹から魔物が出たーーーー!?」

ギルド長さんが椅子と一緒に倒れ、床に転げている。リアクションすごいなあ。

「ギルド長さん、驚かせてすみません。魔物ではないので大丈夫です」

俺は仕方なくベビが龍で、今預かっているということを説明した。

当然ながら、ギルド長さんたちは驚くとともにドン引きしている。

まあそんなこんなありつつも、魔石、龍涎香、魚をゲットした。

仕事斡旋ギルドを出た俺はそれらを収納して運ぶために、カーゴウイングを取ってきた。

ギルドに戻るとすぐに魔石、龍涎香、魚を網に入れ、無理やりカーゴウイングに固定する。

これだけ積んでもなんとか飛び上がれることを確認したが、ギルドの庭に砂埃が舞い上がり、申し訳なく思ってしまう。

慌てて水魔法で水を降らせて、埃が舞い上がらないように湿らせた。

あれ？　みなさんの視線が痛い気がする。

なんかいろいろ言っているんだが、流石にこの人数だと聞き取ることが難しい。一言でいうなら、魔法スゲーってところだろうか？　これでたぶん合っていると思う。

しかし荷物が多すぎて、完全にカーゴウイングの積載重量オーバーな気がする。

でも幸い先ほど大きな魔石をもらえたので、風の魔法を強められる。

魔石三つと俺の風魔法のフルパワーで、重量オーバーながらなんとか飛び上がることができた。

飛び立つことさえできれば、後はなんとかなるだろう。

あ！　別れの挨拶をちゃんとしていない。でも着陸も離陸も操作が大変で余裕がないんだよね。

ごめんなさい。

港町ポートから飛び立った俺は、ポケットに入っているベビに声を掛ける。

《ベビちゃん、しっかり掴まっていてね。重量オーバーだから飛行が安定してないからね》

《分かったノ。でも、アルママなら大丈夫なノ》

ベビからの全幅《ぜんぷく》の信頼に応えられるよう、ちゃんと飛ばないとな。

よーし、次に目指すのはガルトレイク公爵領だ。

お祖父様、待っていてくださいね。新鮮なお魚をお届けしますよ。

速度を上げて飛び始めると、カーゴウイングの荷物がこんなに重いのに、スピードが速い。海竜の大きな魔石の魔力はすごいな。

魔石の魔力は風の魔法に変換しているが、まだまだ出力を上げられそうだ。まあ、これ以上はカーゴウイングも俺も耐えられそうにないのでやらないけど。

ベビも最初のうちはポケットから顔を出していたんだけど、あまりのスピードにすぐに中に入ってしまった。

今更だけど風で目が痛いからゴーグルが欲しい。いや、それよりフルフェイスヘルメットの方がいいか。この速度で虫や鳥が当たると大変だからな。

そうこうしているうちに、なんとかガルトレイク公爵のお屋敷の庭に無事に着陸することができた。

おっと、緊張から解放されたので大きなため息が出てしまったよ。フーゥ！

しかし、積載重量超過でかなり危なかったな。着陸もすごく気を遣った。今回のお魚配達が終わったら、二度と積載重量超過で飛ぶことはしないぞ。

《ごめんねベビ。余裕がなくて飛んでる最中にお話ししてあげられなくて》

《いいの。ママが大変そうだってすぐに分かったノ。だから静かにしていたノ。そしたらここに着いたノ》

《協力してくれてありがとうね。魔力操作で精いっぱいだったから助かったよ。ベビちゃん、いい子でしたね》

俺はお腹のポケットから出ているベビの頭をナデナデする。

嬉しそうな顔をするベビ。

しかし困ったな。ガルトレイクのお祖父様たちにお会いすると話が長くなり、ベビのことがバレそうな気がする。

それに話が長くなると、魚の鮮度が落ちるよな。陛下には新鮮なうちに魚を届けたいので、ガルトレイクのお祖父様には会わずに、魚だけ預けることにしよう。

俺は魚とスイーツを持って、ガルトレイクのお祖父様のお屋敷の玄関に歩いて向かう。

ちゃんと玄関から訪問するのは……二回目かな？

それから屋敷の人にスイーツと魚五キロを預けて、ガルトレイクのお祖父様に渡してほしいと依頼した。

屋敷の人からは「待ってください」と引き留められたけど、急ぐのでホバリングですぐに飛び上がる。

周囲は砂埃で大変なことになっていた。でもこれは意識して目くらましをしようとしたわけではないからね。お屋敷の人、ごめんなさい。

しかしスイーツと魚を五キロ渡せたのでちょっとだけ軽くなったな。だけど未だに過積載な状況だ。

さて次はハイランド子爵ことハイランドのお祖父様のお屋敷だな。

約七十キロしか離れていないので、ほんの十分ほどで到着することができる。

飛び立つ時は、やはり重量オーバーなのがきついけど、三つの魔石を補助に使って離陸する。

荷物が減ったので最初よりはかなり楽になったけど、魔力の消費量が多すぎる。過積載で飛ぶとメチャクチャ効率が悪いみたいだな～。荷物のせいで風の抵抗を受けすぎるんだろうね。

しばらくして、ハイランドのお祖父様の屋敷の庭に無事着陸することができた。

《ベビちゃん、次の場所に着いたけど、もうしばらく大人しくしておいてね》

《任せてなノ。でもベビ、少し心配なノ。ママの魔力が少なくなっているノ》

そうか、パスが繋がっているから分かるのか？　ベビの言う通り、俺の魔力はかなり減っている。

しかも最近なんか、魔力の回復が遅いように感じるんだよね。

でも原因は分かっている。パスが繋がっていて俺の魔力をガンガン消費している三匹のせいだ。

このままだと今までのように、バカスカ魔法を発動することはできなくなるかもな。

今後は魔力切れの心配をする必要があるかもな。

しかしこのパス、いつ切ってもらえるんだ？　ずっとこのままじゃないかとすごく心配になる。

数分後、庭を移動し、ハイランドのお祖父様の屋敷に着いた。
ハイランドのお祖父様にも、ガルトレイクのお祖父様と同じ理由で今日は会うのはやめておこう。
というわけで先ほどと同じように、お屋敷の人に魚とスイーツを預け、いよいよ陛下に会うためにメダリオン城を目指す。
《ベビちゃん、陛下に新鮮なお魚をお届けするよ。ベビちゃんはポケットに入っていることが陛下にバレないように頑張ってね。バレたら今までの経緯を報告するしかないからね。じゃ、行くよ》
《任せてなノ。ベビはじっとしておくノ》
《頼んだよ》
あ、そうだ。陛下にも会わずにお土産を預ければ、ベビの存在はバレないんじゃないか？
よし、それでいこう。預けたらすぐに逃走だ。

そんなことを思いながらカーゴウイングを持ってウイングスーツで飛び、王城の中庭に到着する。

魚とスイーツを使用人に預けて、陛下に渡してくださいとお願いしていたところ、後ろから声を掛けられた。

「久しぶりだな。アルフレッドよ。今日はどのような用事で来たのだ？」

振り返ると、そこにはお母様の伯父さん、ガルトレイク第三騎士団長さんが立っていた。

「ご無沙汰しています、騎士団長さん。陛下に新鮮なお魚をお届けして、今から騎士団の事務所に向かうところでした」

「ほう！　事務所には何をしに行くのだ？」

「兄がどこで騎士見習いをしているか調べてもらったので、結果を聞きに行こうと思いまして」

「なんだ、そんなことか。カイルのことならわしが聞いてすべて知っておる。ソフィアーナの息子が騎士になると分かったから、わしに報告してくれるように頼んでおいたのだ。だからわしから説明しよう。ところで、陛下に会うのであろう？　わしもこれから会いに行くところだ。一緒に行こうではないか」

ちなみにソフィアーナというのは、お母様の本名だ。

騎士団長さんは俺の背中を叩きながら、城内に連れていこうとする。行きたくないから、なんとか逃げ出さないと。

「この服だと早く歩けないので、時間が掛かるんですよね。忙しい騎士団長さんにご迷惑をおかけしてはいけないので、兄のいる場所を教えていただければ、そのまま兄のところに行こうかな……なんて思っているのですが」

「お前、いつもテラスに着陸しているだろう。なぜ今日に限ってそうしないんだ？」

質問が鋭いな。どう言えばいいだろうか。

「陛下のお部屋が魚臭くならないようにと思いまして」

「ほーーーぉ。それで？」

うわー！　騎士団長さん完全に俺のことを怪しんでいる。

「僕にも魚の臭いがしているので、今日は陛下にお会いするのは失礼かなと思いまして」

「なるほどな？　どれどれ」

騎士団長さんが近寄ってきて、俺の臭いを嗅ぐ。

「これくらいであれば、陛下もわざわざ魚を届けに来たお前を無下にするわけないだろう」

そう言われ、騎士団長さんに手を繋がれてしまった。どうやら陛下のところに強制連行されるようだ。

「そ、そうですか？　魚の臭いが気になりませんか？」

「魚を触ったのであろう？　このくらい臭いがするのは当たり前だろう」

「そうですかね？　陛下のところに行くのはまた別の日にしたいかなーなんて思っているんですが」

「ほーーーぉ。ところでお前の服、腹にポケットを新しく作ったようだな」

うわーー！　騎士団長さんがめちゃくちゃ笑顔だ。

「はい。少し収納が少ないかなと思って作ってみました」

「ほーーーぉ。ポケットには何を入れているんだ？　さっきから気になって仕方がないのだが？」

「え！　気になりますか？　でも僕の秘密の宝物が入っているので、お見せするのは難しいです。別にみなさんにとっては大したものではないですよ」

「ほーーーぉ。で、お前の秘密の宝物とやらは動くんだな？　どうやら生きているようだが？」

うわーー！　騎士団長さん、質問が具体的になってきたな。顔もさらに嬉しそうな笑顔だ。

ベビがいるのに気が付いているっぽいな。もう誤魔化すのは無理だろうか。

さっきからベビが何度も、《ママピンチ？　ママピンチ？》と念話してくる。

《ベビちゃん、ママはピンチです。静かにして、動かないでね》とお願いしておいた。

「あの、騎士団長さん？　ちょっとお願いがあるのですが聞いてもらえますか？」

「なんだ。言ってみろ。わしにできることなら聞いてやれるかもしれない」

「かもしれない、ですか？　ここは任せておけ！　と言ってもらえると嬉しいのですが？」

騎士団長さんがうーんと唸っている。けど、顔はめちゃくちゃ楽しそうだ。なんていい笑顔をするんだ。

「お前、わしに黙っておけとか約束させるつもりだろう？　まあ、この場は黙っていてやってもいいが、絶対にそれは隠し通せんぞ」

ん!?　それ？　……あらま！

騎士団長さんが俺のお腹に目を向けていたので、俺も見る。

するとなんということでしょう、ベビちゃんの頭が見えています。

これは騎士団長さんから丸見えですね。オーノー、灯台下暗しですね。

「いつから気付かれていたんですか？」

「まず会ってすぐに怪しいと思ったな。それに歩いていたらごそごそしていたからな」

なるほど。最初から疑われてじっくりと観察されていたということか。これは参ったな。

俺はため息を吐いて周囲を確認する。

幸い周りに人はいないので、紹介しておこうかな。

《ベビちゃん。顔を出してご挨拶して、ガルトレイク第三騎士団長さんですよ》

ベビがポケットから顔を出した。

《ベビです。初めまして、ガルトレイク第三騎士団長さん》

ベビは念話で挨拶してるけど、騎士団長さんには「ガオガオガオガオガオ」という鳴き声にしか聞こえていないだろう。

「俺が通訳しますね。『ベビです。初めまして、ガルトレイク第三騎士団長さん』と言っています」

「なんだと!?　というかその小さいのは龍の子供だよな!?　お前、龍の言葉が分かるのか？」

騎士団長さんはめちゃくちゃ驚いている。

「ガオガオという鳴き声も聞こえるのですが、なんと言っているか頭の中に直接聞こえてくるんですよね」

「お前、このことを陛下に黙っておくつもりで逃亡しようとしていたのか？　信じられない奴だな」

「そんなに褒められると照れてしまいます」

俺はおどけてみせるほかなかった。

「お前……いや、しかし逃げたくもなるか？」

なんだかよく分からないが、騎士団長さんの共感を得られたみたいだ。

俺は今まで、騎士団長さんと手を繋いだままで廊下を歩いていたが、階段になったので逃げないから離すようにお願いする。

ちなみに俺が着ているウイングスーツはまともに歩けないので、階段はイワトビペンギンのようにジャンプして上がるしかない。

ジャンプ、ジャンプ、えい、とぅ、やぁ……しかし、地味に疲れるな。ベビちゃんがポケットの中でシェイクされてないかも心配だ。

なんて思っていたら、階段を半分以上残した状態で、俺はいきなり騎士団長さんにお姫様抱っこされてしまった。

騎士団長さん、恥ずかしいのでやめてください。

騎士団長さんは俺が大変そうに階段を上がっているので、とっさに抱きかかえたようだ。

こうして俺は騎士団長さんにお姫様抱っこされたまま国王陛下の執務室に入ることになった。恥ずかしい。

陛下はなんとも言えない表情をしている。

ここは俺から挨拶すべきだろうか。

「ご無沙汰しています、陛下。このような格好で申し訳ございません。あの騎士団長さん、降ろしていただけませんでしょうか？」

「おお、すまんすまん」

騎士団長さんがやっと俺を降ろしてくれた。

陛下はじっと俺を観察していて非常に居心地が悪い。

「これはどういう状況なのだ？　なぜガルトレイクがアルフレッドを抱えてきたのだ。説明してくれ」

やっと陛下が口を開き、騎士団長さんに話しかけた。

「陛下にお会いしようと城に入ったところ、偶然アルフレッドを見かけまして。階段を上がりづらそうにしていたものですからここまで抱えてきました」

「なるほどな。何か起こったのかといろいろと詮索《せんさく》して心配してしまったではないか。人騒がせな奴らだな」

「それで、用件はなんなのだ」

「それにつきましては、アルフレッドから説明させましょう」

俺はお土産だけ置いてとんずらしようとしてたから別に用件はないんだが、騎士団長さんからそう言われたので話さないわけにいかなくなった。

「陛下のために新鮮な魚を届けましたので、よかったら召し上がってください」

そう言い終わって騎士団長さんの顔を見ると、顔を横に振り、俺のお腹を指差した。

え。言わないとダメ？　仕方ないな。

「あの、陛下。報告があります。驚かないでくださいね」

《ベビちゃん、この国の王様です。ご挨拶してください》

念話でベビにお願いすると、ポケットからぴょこっと顔を出し、念話で《ベビです。初めまして、王様》という。肉声ではガオガオとしか聞こえないが……

「通訳しますね。『ベビです。初めまして、王様』と言っています」

「いや、挨拶以前にそれは龍の子供ではないのか!?　お主、龍の言葉も分かるのか？」

陛下はものすごく驚いている。

「ガオガオという鳴き声も聞こえるのですが、頭の中にも意味のある言葉が聞こえてくるんです」

「何がどうなっておるのだ⁉　ワシにも分かるように説明しろ」

陛下が混乱している。

無理もないよな。いきなり龍の子供とご対面だからな。

「あのですね、グラン帝国の様子を見に行った帰りに森の中に苦しむ龍がおりましてですね。助けてほしいと言われ助けたのですが、運悪く卵が生まれてしまいまして。ママ龍さんが卵を持って飛べないと言うもので預かりました」

俺の話を陛下も騎士団長さんも黙って聞いている。

「それで⁉」

陛下から続きを催促されたので、続ける。

「ママ龍さんは卵は二ヶ月から三ヶ月で孵化するので、その前に一ヶ月ほどで受け取りに来るからと言って魔大陸へ帰っていきました。それがですね、予想と違い一ヶ月経つ前に生まれてしまいましてですね。生まれたベビたちがですね、帰らないと言いまして僕から離れようとしないのです。それで仕方なく連れて歩いているというか、飛んでいるところです。以上がこの子の報告になります」

俺の話を聞いて陛下も騎士団長さんも口が半開きになっている。

「何から突っ込んでいいのやら。しかしいろいろと巻き込まれるものだな。危険な龍ではないのだな？」

陛下は完全に呆れている様子だ。

「そうですね、この子たちに危害を加えなければ大丈夫じゃないでしょうか。危害を加えるとママ龍さんが……いや、パパ龍さんもかな？　黙っていない気がしますが」

「やれやれ、なんとも物騒なものを預かったな。なんとか帰ってもらえないのか？」

「それが、無理でした」

「なあ、ワシは先ほどから気になることがあるのだが」

あれ？　陛下は何を不思議に思われているのだろう。

「なんでございましょうか？　何か気になるところがございましたでしょうか？」

「いや、先ほどから龍の子をこの子『たち』と言っておらぬか？」

「あれ？　そんなことを言ってましたでしょうか？」

失敗したな。チビは連れてきてないから、本当なら存在を隠せたのに。

なんとか誤魔化せないかなと思っていたけど……うわー！　陛下と騎士団長さんの疑いの眼差しがひどい。

仕方ない、後でバレるとさらに怒られそうだから白状しておこう。

「陛下、自宅にですね。もう一匹子供の龍がいます。そしてこの龍はうちの飼い犬のベスから離れません」

ここでベスが神獣だなんて言えるわけがないので、流石にそこは誤魔化した。

「お前……いや、もう何も言うまい。しかし次から次へと騒動になるな。よくも飽きないものだ」

陛下が失礼なことを言ってきた。

まるで俺が望んでトラブルを呼んでるような言い方だな。そうじゃなくて気付いたらトラブルに巻き込まれてるだけなのに。

「ありがとうございます？　では僕は忙しいので、これで失礼いたします」

とは言ったけど、報告しないといけないことがまだあったような気がする。

なんだっけな？　あ、あれだ。

「陛下、もう一つ報告がありました。グラン帝国で名誉公爵という称号をもらってましたが、あれ、名誉を取られてしまいました」

「何？　どういうことなのだ」

陛下は不思議そうな顔をしている。

「グラン帝国で公爵になり、国境の近くに領地ももらってしまいました。いらないと言ったんですが、どうしても受け取ってほしいと言われまして。領地の管理はすべてグラン帝国側でやってくれるそうです」

「お前、それは大変なことではないか！　それなのに先ほど、忘れて帰ろうとしていなかったか？他に忘れていることはないだろうな!?」

陛下の口調がちょっときつくなった。

騎士団長さんはこめかみを手で押さえ、頭を横に振っている。

え。他に忘れていることはないと思うんだが。港町ポートの状況報告や、海竜の魔石や、龍涎香のことも報告した方がいいのだろうか。

「あの、陛下。じゃあ海竜討伐後の、港町ポートの報告もしておきますね。船はちゃんと動いていて、漁もされていて魚も獲れているみたいです。あ、これはお魚をお渡ししたので報告は不要でしたね。それから……」

あれ？　二人の視線がなんだか突き刺さるんだが。先ほどまではこめかみを手で押さえていたんだが、今は俺のことをめっちゃ見てくる。何か言いたそうだな？

「何かございましたでしょうか？」

「お前、アルテミシアとの婚約が嫌だと申すつもりなのか？　グラン帝国に行く気ではあるまいな？」

おっと、海竜の話をスルーされたぞ。雲行きが怪しい。どうも名誉公爵の名誉が取れて、本当に公爵になったという話が引っかかっていたみたいだ。

陛下のご機嫌がよくないように見える。騎士団長さんも微妙な表情だな。

「いえ？　アルテミシア様は嫌いではないですよ。今のところグラン帝国に移住する計画はありませんし」

「今のところ⁉」

まずい、言い直さなければ。

「すみません。メダリオン王国から出ていく予定も計画もありません」

陛下は少し安心したみたいだ、よかった。

騎士団長さんはまだ微妙な表情だけど……うーん。空気が重いので、話題を変えよう。

「陛下、そういえば海竜から大きな魔石と龍涎香が取れたそうで、いただいちゃいました。カーゴウイングが過積載状態で、飛んでくるのが大変でしたよ。まだ重さは計っていませんがかなり重いはずですよ。ギルド長さんは金額に驚くぞと言っていましたから」

「なんだと！　海竜から大きな魔石と龍涎香が取れたのか？　魔石の大きさはどれくらいなのだ？」

陛下が食いついてきた。よかった、話題が変えられて。

「そうですね、四十センチ以上はあると思いますが正確には測っていません」

「それは大きいな？　宝玉並かそれ以上の大きさではないか。使い道は決めておるのか？」

陛下は魔石が気になるようだ。

「いえ！　まだ決めていません。一度カーゴウイングの動力にしましたが、重すぎました。カーゴウイングは荷物を運ぶために作ったのに、魔石が重すぎて荷物が積めなくなると本末転倒ですからね。でもスピードを出すだけに使うならありかもしれませんね」

「そうか。使わぬなら譲ってくれると嬉しいのだがな。適正な価格で買い取りさせてもらうぞ」

「そうですね……使わないようなら譲ります」

あの魔石、大きすぎて使いどころに困るんだよな。携帯できるような大きさじゃないんだ。せっかく大きい魔石だけど、あれで魔法の杖を作るとか絶対にないだろうな。重たくて支えられないよ。

カーゴウイングにも大きすぎるし……どうしようかな？

なんて思っていると陛下が今度は龍涎香についての話を始める。

「ところで、龍涎香といえばアンバーグリスとも呼ばれている。燃やすと溶けて独特の香りがするのだ。香水の原料として使われていて、その香水は貴族のご婦人方に大人気で、かなり高額で取引されているぞ。で、龍涎香はどれくらいの重さなのだ？」

この世界は入浴の習慣がないから、体臭を誤魔化すための香水は重要なアイテムらしい。それで高値で流通しているんだろうな。

「龍涎香の重さは……どれくらいでしょう？　三十キロとかあるかもしれませんね」

「アルフレッドよ！　もしもその重さだとすれば金貨百五十枚は下らないと思うぞ」

「えぇ！　あれがそんなにお高いんですか？　あの油を固めたようなものがですか？」

金貨百五十枚というと、一億五千万円……じゃなくて、一億五千万クロンだ。

「そうだな。最低でもだからもっとするかもしれんぞ。ワシよりもマシューが詳しかろう、帰ってよく聞いてみるがよい。それと龍涎香を原料に香水を作るようなら、少し分けてくれとワシが言っていたと伝えておいてくれ」

陛下も香水を手に入れたいみたいだ。いや、お妃様にプレゼントするのかな？

「分かりました。マシューさんに必ずお伝えします。以上で伝え忘れはないと思います」

「そうか⁉　本当に忘れていないか？　まあいい、分かった。新鮮な魚をありがとう。王都で新鮮な魚が食べられる日が来ようとは思ってもみなんだ。今晩には食べられることだろう。期待しておこう」

陛下は嬉しそうにしている。

「美味しいといいのですが、実はどんな魚なのかは僕も分かっていません。全部ギルドにお任せしていまして。申し訳ないです」

「構わんぞ。変な魚は入っておるまい。英雄に渡すのだからな。なあガルトレイクよ、お前もそう思うであろう」

「はい、陛下の言われる通りだと思います」

「あの、騎士団長さん。話は変わってしまうのですが、カイルお兄様の居場所をお教えいただいてもよろしいでしょうか？」

「おう！　そうだったな」

騎士団長さんによると、マルベリー公爵の町の南西にあるレイモンという町の騎士団に、騎士見習いとして配属されているとのことだった。

「ただお前の見た目では、身分をすぐに信じてもらえるかどうかは分からんがな」

え。騎士団長さんはなんで俺が身分を信じてもらえない話を知っているんだろう。陛下と仲がよさそうだから、陛下から聞いたのか？

「陛下が奥の手を準備してくれたので使えばなんとかなるのですが、できるだけ使いたくないんですよね」

「第三騎士団長であるわしが、騎士団宛に手紙を書いてやろうか。いや、手紙は目立ちすぎるから、わしの紋章入りの短剣を貸すか」

「いえ、短剣なら持っていますのでやめておきます。どうやっても目立つと仰《おお》せであればそのまま自分の名前で行こうと思います」

「そうか？　まあそれがいいかもしれんな」

騎士団長さんも納得したようなので、今日のお城での用件は終わりだ。

と思っていたら、陛下が突然、俺に言う。

「ちょうどいい。邪神教がまた活発に活動をし始めたようだとソフィアーナにも伝えておけ」

もしかして今日、陛下が騎士団長さんを呼び出したのは、邪神教の話をするためだったのかな？

騎士団長さんが、陛下に報告する。

「陛下、邪神教は聖人一人を暗殺しています。ただいま犯人を追っているところでございます。早期に捕縛報告ができますよう、他の騎士団と連携を取りながら捜査していますので、もう少しご猶予をお願いいたします」

急に話の内容と空気が重くなったな。

しかし、邪神教が動いているのか。早くカイルお兄様に会ってお話を済ませて、すぐに帰らなければ。そしてお母様にこのことをお伝えしないとな。

陛下が騎士団長さんに言う。

「お前たち騎士団が頑張っていることは知っておる。だが、民が不安に思っているのも事実だ。早く捕まえるように頼んだぞ」

「はい！　騎士団にも陛下からのお言葉を伝えるようにいたします。それではこれで失礼いたします」

「陛下、僕も失礼します」

「気を付けて帰れよ」

「ありがとうございます」

俺は騎士団長さんと一緒に部屋を後にした。

その後、騎士団長さんは急に仕事モードになり、急いで騎士団に帰っていった。

ベビちゃんはポケットの中でお休み中のようだ。たぶん、俺が陛下たちと話をしていて相手をしなかったから眠ってしまったんだろう。起こさずにこのままにしてあげよう。

さて、カイルお兄様のいるレイモンという町に向かうとするかな。

月が導く異世界道中
Tsukiga Michibiku Isekai Dochu
Azumi Kei
あずみ圭
1~18
8.5
シリーズ累計
350万部
(電子含む)
の超人気作!
TVアニメ 第2期
2024年1月から
2クール
放送決定
異世界へと召喚された平凡な高校生、深澄真。彼は女神に「顔が不細工」と罵られ、問答無用で最果ての荒野に飛ばされてしまう。人の温もりを求めて彷徨う真だが、仲間になった美女達は、元竜と元蜘蛛!? とことん不運、されどチートな真の異世界珍道中が始まった!
月が導く異世界道中
あずみ圭
薄幸系男子の成り上がりファンタジー、開幕!
第5回アルファポリスファンタジー小説大賞 読者賞受賞作!
待望の書籍化!
2期までに
原作シリーズもチェック!
●各定価：1320円(10%税込)
●illustration：マツモトミツアキ
1~18巻好評発売中!!
月が導く異世界道中
あずみ圭
木野コトラ
とことん不運、されどチート!
漫画：木野コトラ
●各定価：748円(10%税込) ●B6
コミックス1~12巻好評発売

Re:Monster
リ・モンスター
1～9・外伝
8.5
暗黒大陸編1～3
金斬児狐
Kanekiru Kogitsune
シリーズ累計
150万部
(電子含む)
突破!
TVアニメ化
決定!!
ネットで話題沸騰!
怪物転生
ファンタジー
最弱ゴブリンの下克上物語 大好評発売中!
コミカライズも大好評!
【小説】
1～9巻／外伝／8・5巻
◉各定価：1320円（10%税込）
◉illustration：ヤマーダ
新章
【小説】
1～3巻（以下続刊）
◉各定価：1320円（10%税込）
◉illustration：NAJI柳田
【漫画】
1～10巻（以下続刊）
◉各定価：748円（10%税込）
◉漫画：小早川ハルヨシ

鈴木竜一
Ryuuichi Suzuki
工芸職人《クラフトマン》はセカンドライフを謳歌する
1・2
天才工芸職人ののんびりプチ隠居ライフ、開幕！
ブラック商会をクビになったので
DIYに
旅行に
畑いじり!?
好きなことだけで生きていく
前世の日本でも、現世の異世界でも、超ブラックな環境で働かされていた転生者ウィルム。ある日、理不尽に仕事をクビにされた彼は、好きなことだけしかしないセカンドライフを送ろうと決めた。簡素な山小屋を住み、好きなモノ作りをし、気分次第で好きなところへ赴いて、畑いじりをする。そんな最高の暮らしをするはずだったが……大貴族、Sランク冒険者、伝説的な鍛冶師といったウィルムを慕う顧客たちが彼のもとに押し寄せ、やがて国さえ巻き込む大騒動に拡大してしまう……!?
●各定価：1320円（10%税込）
●Illustration：ゆーにっと

この作品に対する皆様のご意見・ご感想をお待ちしております。

おハガキ・お手紙は以下の宛先にお送りください。

【宛先】

〒150-6008 東京都渋谷区恵比寿4-20-3 恵比寿ｶﾞｰﾃﾞﾝﾌﾟﾚｲｽﾀﾜｰ 8F
（株）アルファポリス　書籍感想係

メールフォームでのご意見・ご感想は右のＱＲコードから、
あるいは以下のワードで検索をかけてください。

アルファポリス　書籍の感想　検索

ご感想はこちらから

本書はWebサイト「アルファポリス」（https://www.alphapolis.co.jp/）に投稿されたものを、改稿、加筆のうえ、書籍化したものです。

異世界《いせかい》に転生《てんせい》したけどトラブル体質《たいしつ》なので心配《しんぱい》です 4

小鳥遊渉（たかなし　あゆむ）

2023年11月30日初版発行

編集－田中森意・芦田尚
編集長－太田鉄平
発行者－梶本雄介
発行所－株式会社アルファポリス
〒150-6008 東京都渋谷区恵比寿4-20-3 恵比寿ｶﾞｰﾃﾞﾝﾌﾟﾚｲｽﾀﾜｰ8F
TEL 03-6277-1601（営業）　03-6277-1602（編集）
URL https://www.alphapolis.co.jp/
発売元－株式会社星雲社（共同出版社・流通責任出版社）
〒112-0005東京都文京区水道1-3-30
TEL 03-3868-3275
装丁・本文イラスト－結城リカ
装丁デザイン－AFTERGLOW
印刷－図書印刷株式会社

価格はカバーに表示されてあります。

落丁乱丁の場合はアルファポリスまでご連絡ください。

送料は小社負担でお取り替えします。


ISBN978-4-434-32942-5　C0093